◆◆ 中国文学名家小小说精选丛书

油菜花开

王奎 著

江西高校出版社
JIANGXI UNIVERSITIES AND COLLEGES PRESS

南 昌

图书在版编目（CIP）数据

油菜花开 / 王奎著 . -- 南昌 : 江西高校出版社，

2025. 6. --（中国文学名家小小说精选丛书）. -- ISBN

978-7-5762-5582-9

Ⅰ . I247.82

中国国家版本馆 CIP 数据核字第 20241M6E36 号

责 任 编 辑　黄水飞
装 帧 设 计　夏梓郡

出 版 发 行　江西高校出版社
社　　　　址　江西省南昌市新建区工业二路 508 号
邮 政 编 码　330100
总 编 室 电 话　0791-88504319
销 售 电 话　0791-88505090
网　　　　址　www.juacp.com
印　　　　刷　鸿鹄（唐山）印务有限公司
经　　　　销　全国新华书店
开　　　　本　650 mm×920 mm　1/16
印　　　　张　13
字　　　　数　160 千字
版　　　　次　2025 年 6 月第 1 版
印　　　　次　2025 年 6 月第 1 次印刷
书　　　　号　ISBN 978-7-5762-5582-9
定　　　　价　58.00 元

赣版权登字 -07-2024-979

CONTENTS
目　录

油菜花开

127/ 第二辑　家　有　儿　女

第一辑

爱情滋味

◀ 爱的滋味
....

在简陋的卧室里，她和他慵懒地靠在床上，有一搭没一搭地闲聊着。

她的眼神中透着温柔，她轻轻地摆弄着他的手指，微笑着说："家是个让人安心的地方。"

他深情地望着她，回应道："是啊，只有在家里，我才能真正放松下来。"

"想起我二十岁之前的日子，简单却快乐。"她说。

他眼中闪过一丝怅惘："可惜时光不能倒流，我们都已经长大了。"他的语气很快又变得坚定起来，"不过，未来还有很长的路要走，我们一定要一起走下去。"

她握紧了他的手，用力地点点头。

在这个温馨的卧室里，他们谈论着梦想、憧憬着未来，仿佛忘却了外界的一切纷扰。这里是他们的避风港，也是他们心灵的寄托之所。在这里，他们仿佛与整个世界都隔绝了，只剩下彼此的温暖和爱意。

"你们下来吃饭喽！"他的母亲的声音打破了这片刻的宁静。

他和她松开握着的手，站立起来，一前一后下了木楼梯。

她与他的父母一同吃起了晚饭。

他的父亲精心准备了一桌丰盛的菜肴，每一道菜都散发着家的味道。他的父母眼中满是对儿子和她的喜爱。

他和她的眼神中也充满了对彼此的爱意。笑声和温馨的氛围充斥着整个房间。

他微笑着看着父母，轻声说道："爸，妈，明天我又要回城里了。你们可要保重身体呀！"

他的父亲说："儿子，你不用担心我们。倒是你，工作别太辛苦了。"

他的母亲也插话道："对啊，你们工作这么忙，也要注意身体，别给自己太大压力。"

她点着头，接口说："他工作很努力，一直都是个有责任心的人。叔叔阿姨，你们放心，我会督促他好好休息的。"

他感激地看着她，握住她的手说："谢谢你，有你在我身边，我真的很幸福。"

他的父母看着他们的一举一动，脸上露出了欣慰的笑容。

他的父亲接着说："看到你们恩恩爱爱，我们做长辈的也很开心。希望你们一直这样相互扶持，共同走过人生的每一天。"

他的母亲附和道："是啊，人生的幸福才是最重要的。"

餐桌上的气氛愈发温馨，笑声不断。这个美好的时刻，他和她深感幸福和满足，也更加珍惜与长辈在一起的时光。

晚餐进行到尾声，他和她举起酒杯，向他的父母敬酒。

他感激地对父母说："爸，妈，祝你们身体健康，万事如意！"

他的父母碰了下酒杯，开心地笑了。

宁静的傍晚，他和她手牵着手，享受着晚饭后的悠闲时光。

他的眼神充满了温柔和爱意。她则微微低着头，脸上泛着幸福的红晕，步伐轻盈而又欢快。

"今晚夜色真美。"他轻声说道。

"是啊，就像我们的爱情一样。"她抬起头，眼中闪烁着光芒，回应着他的话语。

他笑了笑，停下脚步，将她拥入怀中。他静静地聆听着她的心跳，感受着她的呼吸，仿佛时间在这一刻静止了。

"你知道吗？和你在一起的每一刻，我都感到无比幸福。"他深情地说。

她的泪水在眼眶中打转，紧紧地拥抱着他，说道："我也一样。"

拥抱过后，他和她一边走，一边轻声交谈着。她倾听着他的每一句话，不时露出会心的微笑。

夜间的微风轻轻地拂过他们的脸庞，带来了阵阵清新的空气。

他慢慢地靠近她。她的心跳加速，她能感受到他的呼吸渐渐变得急促。

他轻轻地吻了一下她。她的手臂不由自主地环绕住他的脖子，加深了这个吻。

他们沉浸在彼此的温暖和甜蜜中，仿佛坠入了一个美好的仙境。

◀ 爱的港湾

　　她和他悠然自得地漫步在路上。

　　她的步伐轻盈而优雅，如同一只翩翩起舞的蝴蝶。她那双美丽的眼眸中闪烁着温柔与灵动的光芒，仿佛能洞悉世间万物。

　　他的身姿挺拔而健壮，步伐稳健有力，每一步都透露出自信与沉稳。那张坚毅的脸庞上挂着温和的笑容，让人感到无比安心。

　　两人手牵着手，享受着这难得的悠闲时光。他们时而低声交谈，分享彼此的心迹；时而沉默不语，感受着宁静的美好。周围的一切都显得那么和谐，似乎时间也在这一刻静止了下来。

　　在这个喧嚣的世界里，她和他找到了属于自己的生活方式。他们的爱情如同一朵盛开的鲜花，绽放出绚烂的色彩，温暖着彼此的心房。

　　两人回到了家。

　　她去沐浴。他坐在沙发上等待。他满脑子都是她淋浴的情景。

　　见她洗好澡出来，他就跟了上去。

第一辑　爱情滋味

最是那一回眸的浅笑，让他心旌摇荡，魂不守舍。

他零距离闻着她身上散发着的沐浴露的香味，紧紧地箍住了她。

两人能感受到对方急促的呼吸。她的脸庞因羞涩而红润，他已彻底被迷惑了。

他抱起她，将她轻放在床上，不停地吻着她，手还在她身上胡乱摸索着。

她推开他不老实的手。过了一会，他的手又渐渐滑了下去，她再次推开。如此反复，她的心门完全向他敞开了。

她脸若桃花，海棠带醉。那羞涩的一抹艳红，绽放出心底的花蕾。婀娜的身姿，是水莲花的娇羞。

两人在身体的触摸中感受着对方的存在。有她的美丽容颜和姣好身材的滋养，他还有什么不能满足的？

他在生命的路口遇到了她，岁月也就有了两个人的地老天荒。爱的行囊装满阳光，照亮着两个人的人生。

她笑了，泪眼中的欢笑是那么美，掩盖了早已疲惫不堪的身体。他似乎又找到了生活的入口，他已然闻到了生活的味道。

两颗心放在准确的位置，爱的价值就体现出来了。爱情的种子找到合适的土壤，这是最好的情感港湾。

浪漫过后，在他的臂弯里，她如痴如醉。两人十指相扣，呢喃的声音多么美好。相遇相爱，命运总是眷顾有情人。她愿在他的爱里一生漂泊。

他看着她恬静的面容，心中充满了爱意和疼惜。他轻轻吻了吻她的额头，然后紧紧地拥抱着她，一同进入了梦乡。

第二天清晨，她缓缓睁开眼睛，看到他正熟睡在身旁，她的脸上洋溢着幸福的笑容。

她轻轻推了推他，柔声说道："亲爱的，起床啦。"

他迷迷糊糊地睁开眼，看着她，笑了笑，然后伸了个懒腰。

两人一起起了床，洗漱完毕后，去了小区边上吃早餐。

吃好早餐的他，给了她一个深情的拥抱，然后开着车子上班去了。

◀ 爱是你我

　　方倩是一名护士，为病人提供最好的护理。她有一颗善良而热情的心，总是关心着每一个需要治疗的病人。她的工作虽然辛苦，但她总是面带微笑，充满着耐心和敬业精神。

　　张栴是一名图书管理员，他的工作主要是维护图书馆的秩序，帮助读者找到他们需要的书籍。他喜欢阅读，也喜欢帮助别人。他是一个安静而内敛的人，热情又善良。

　　一天，方倩需要找一本书，她来到了图书馆。张栴看到她焦急的样子，主动走过去问她需要什么帮助。方倩说明了她的需求，张栴很快地找到了她需要的书籍。在方倩感激的同时，张栴也对方倩的热情和专业产生了深深的好感。

　　张栴要了方倩的联系方式。两人经常用微信聊天。

　　随着交往的深入，方倩和张栴之间的感情逐渐升温。他们开始约会，一起看电影、逛街、吃饭。

　　他们恋爱了。在一些公共场合，经常能看见他们的身影。

他们的关系越来越亲密，直到有一天，张柟向方倩求婚。

方倩答应了张柟的求婚，他们开始了新的生活。

他们举办了一场简单的婚礼，只邀请了亲朋好友。

在婚礼上，他们相互承诺永远相爱。他们的爱情故事也成为医院和图书馆的一段佳话。

方倩和张柟的生活过得十分幸福，他们相互理解和支持，一起面对生活中的挑战。

一天，方倩和张柟一起去医院看望一位病人。这位病人是他们的朋友，也是一位很受欢迎的医生。他因为一场意外事故导致身体残疾，但他依然保持着乐观和积极的态度。方倩和张柟深为触动。

从医院出来后，方倩和张柟一起去了一个很有名的景点——仙居神仙谷。在神仙谷，他们一起欣赏着美丽的景色，感受着大自然的魅力。

当他们站在神仙谷的玻璃栈道时，下面是万丈悬崖，他们感受到了生命的美好和意义。

然而，生活并不总是那么美好。有一天，方倩突然接到了一个电话，她的母亲生病了。她赶回家中照顾母亲，张柟也放下手头的工作赶去看望。她的母亲在方倩的悉心照料下恢复健康。

不久之后，方倩和张柟一起参加了一个慈善活动。他们在活动中遇到了一位很有名的心理医生，他向他们介绍了一个很有意义的心理游戏——"爱情地图"。这个游戏能帮助他们更好地了解彼此的内心世界，也能让他们更加珍惜彼此的爱情。

在回家的路上，方倩和张栩一起谈论着这个心理游戏。他们决定回到家一起参与这个游戏，以进一步加深彼此之间的了解和感情。

那天晚上，他们一起坐在沙发上，开始玩这个心理游戏。他们互相提问，分享自己的想法和感受。

在心理游戏中，方倩问张栩："你对我最不满意的地方是什么？"

张栩沉默了片刻，说："我一直觉得你工作太忙，有时候没有时间陪我。"

方倩听到这个回答后，心里有些震惊。她确实忙于工作，很少有时间陪他。她深深地感受到张栩对她的爱和包容。

在接下来的几天里，方倩一直在思考这个问题。她意识到自己的确在工作上花费了太多的时间和精力，忽略了陪伴张栩的重要性。她决定做出一些改变，多抽出一些时间陪伴张栩，让他感受到她的爱和关心。

一天晚上，方倩主动为张栩准备了一顿浪漫的晚餐，还准备了一瓶红酒。

在餐桌上，她向张栩表达了自己的内心感受，她说："亲爱的，我知道我一直忙于工作，忽略了你的感受，但现在我意识到，我的工作是为了我们的未来。我会更加努力地平衡工作和家庭。"

张栩听了方倩的话后，感动得热泪盈眶。他紧紧地握住方倩的手，说："谢谢你，亲爱的。我知道你很忙，我很感激你能为我做出改变。我会一直支持你的工作。我也希望你能知道，无论你多忙，我都会一直在这里等你，因为我爱你。"

生活总是充满了挑战和无奈。医院要派方倩去异地的分院工作一年。方倩和张楠面对这个突如其来的消息感到很困惑，他们需要做出决定。

方倩和张楠一起商量了很久，最终决定让方倩去分院工作。虽然他们很舍不得分开，但他们都相信他们的爱情可以经受住这次考验。

在方倩去分院的前一天，他们在海边放飞了一盏孔明灯。他们在灯上写下了他们的愿望和祝福，然后一起放飞了它。他们看着孔明灯渐渐消失在夜空中，坚信他们的爱情也会像这盏灯一样，虽然有时会遇到黑暗和困难，但最终会照亮他们的未来。

方倩在分院工作期间，张楠与她保持着一天一次的视频通话，无论多忙，两人都会在固定时间出现在对方的屏幕前。即使不能真实触摸到对方，至少在声音的传递中，他们能感受到彼此的呼吸与情感。

这种相处模式反而增加了他们的新鲜感。他们像是两个热恋的情侣，每天在摄像头前诉说思念。

一年之后，方倩在分院的工作到期，她可以与张楠团聚了。

当她走出机场，看到张楠在人群中向她挥手时，她的眼眶不禁湿润了。她知道，这一刻，他们的爱情经受住了时间和空间的考验。

张楠看到方倩瘦弱的身躯在人群中显得更加楚楚动人，他心疼地走过去拥抱她。这个拥抱像是穿越了时空，将他们紧紧地连接在一起。

　　方倩与张栴的生活逐渐回归正常，他们一起买菜做饭，一起散步在熟悉的街道，一起回忆这一年的分离与思念。

◀ 爱的旋律
....

晚间，思想政治课取消了，变成了自由活动。

他找到她，商量文娱活动的事情。她跟着他去了空旷的操场。

"这几天学习累吗？"他关切地问。

"我倒不觉得累呢！你呢？"她反过来关心起他了。

"看见你，和你说说话，我就不累了。"他笑了笑。

"我还有这种神奇功效呀！"她嘴角上扬，"你是不是很擅长用甜言哄女孩子开心呀？"

"你看我是不是正人君子？我发誓我以前从没对一个女孩子说过类似的话儿！"他一本正经地辩解道。

"我可不信。"她故意说。

"你别不信啊，怎么样你才相信呢？"他抬头望见夜空圆圆的月亮，忽然灵光一闪，说，"月亮代表我的心。"

她心里"咯噔"了一下，又被他的一句"月亮代表我的心"感动到了。

"会唱吗？那你唱首《月亮代表我的心》吧！"她似乎很享受的样子。

"当然会了。那我唱给你听吧！"他清了清嗓子，唱了起来，"你问我爱你有多深，我爱你有几分，我的情也真，我的爱也真，月亮代表我的心……"

"你还真敢唱，真受不了你了！"虽然她嘴上这么说，但听得还是很陶醉。

"我唱得怎么样？"

"还不错，有音乐功底。"她接着说，"聊了这么多，我们把正事给忘了。你不是说商量文娱活动的事情吗？怎么安排的？"

"你要不要再表演一个节目？独唱或者舞蹈都行。"

"我不是跟你合唱吗？我可没那么多时间精力，再去折腾一个节目呢！况且，我跟你合唱的那首《爱是你我》，都没有排练过一次呢！"她婉拒着他。

"今晚夜色正好，要不我们排练一次？"他来了兴致。

"好呀！不过，清唱的话，可能会跑调哦！"她也没有推辞。

"跑调就跑调呗，这个环境，适合排练磨合。"

"那你先起个头，我跟唱。"

"爱是你我，用心交织的生活。爱是你和我，在患难之中不变的承诺。爱是你的手，把我的伤痛抚摸。爱是用我的心，倾听你的忧伤欢乐。这世界我来了，任凭风暴旋涡。正是你爱的承诺，让我看到了阳光闪烁爱拥抱着我。我们感觉到她的抚摸，就算生活给我无尽的苦痛折磨，我还是觉得幸福更多……"

两人一人一句，唱得很嗨。这个夜晚的操场，似乎有了这歌声，有了更多的浪漫气息。

"想不到你深藏不露，还是你唱得好！"他由衷地赞美道。

"你别谦虚了，你是文娱委员，我是业余的。"

两人说笑着，时间过得飞快。

她在路上碰到室友。

"你们是不是恋爱了？外面都传疯了！"室友想知道答案。

"保密。"她没有回答这个问题。

但从她发光的眼神里，似乎能找寻到一丝蛛丝马迹。

◀ 爱的成全

　　陈巧和李丽是从小一起长大的好朋友，她们一直以来都非常亲密无间。然而，最近她们因为一个名叫柳念的男孩而产生了激烈的争吵。柳念是一个阳光、幽默、聪明的男孩，他的出现让两个女孩都心动不已。

　　陈巧是一个内向、细腻的女孩，她一直暗恋着柳念，但从未勇气向他表白。她默默地关注着柳念的一举一动，为他的笑容而开心，为他的难过而心疼。她害怕失去柳念，害怕李丽会抢走他。

　　李丽则是一个外向、开朗的女孩，她对柳念的喜欢毫不掩饰。她总是找机会和柳念接触，和他聊天。她觉得自己和柳念很般配，而且她也不想隐藏自己的感情。

　　一次陈巧和李丽突然聊到了柳念。李丽兴奋地说："我觉得柳念好帅啊，我好喜欢他。"陈巧听了心里一紧，她黯然失色地说："我也喜欢柳念，我们不要为了他而吵架。"李丽惊讶地看着陈巧，她没想到陈巧也会喜欢柳念。她不屑地说："你怎么可能喜欢柳念？你太内向了，你根本配不上他。"陈巧听了很伤心，她哭着说："你怎么可以这样说我？我也有自己的优点，我也很喜欢柳念。"

李丽不理会陈巧的哭泣，她继续说："我才不管你喜不喜欢柳念，我反正要和他在一起。"说完，李丽就走了。

陈巧看着李丽离去的背影，心里很难过。她知道自己不能再沉默下去了，她必须向柳念表白。她鼓起勇气，写了一封情书给柳念。在信中，她表达了自己对柳念的爱意，并且希望能够和他在一起。她把信交给了柳念，然后紧张地等待着他的回复。

柳念收到了陈巧的情书，他很感动。他一直也很喜欢陈巧，但是他不知道该怎么面对她的感情。他考虑了很久，最终还是决定和陈巧在一起。他找到了陈巧，对她说："陈巧，我很喜欢你，我愿意和你在一起。"陈巧听了很开心，她抱住了柳念，说："谢谢你，柳念，我也很喜欢你。"

然而，他们的幸福并没有持续多久。李丽知道了柳念和陈巧在一起的消息，她很生气，她觉得自己被陈巧背叛了。她找到了陈巧，对她说："你怎么可以和柳念在一起？你明明知道我也喜欢他。"陈巧难过地说："对不起，李丽，我不是故意的，我只是不想失去柳念。"李丽不依不饶地说："你不想失去柳念，我就会失去你吗？我们是好朋友啊，你怎么可以这样对我？"说完，李丽就哭着跑开了。陈巧看着李丽跑开的背影，心里很愧疚。她知道自己伤害了李丽，也破坏了她们之间的友谊。但是，她已经爱上了柳念，她无法放弃他。

见到李丽时，陈巧对李丽说："对不起，李丽，我真的很抱歉，但是我也真的很爱柳念。我希望你能原谅我，也能祝福我们。"

李丽没有回答，只是默默地流泪。

◀ 爱的感动

张帅毛遂自荐，工作室慧眼识珠，他被成功签约，成为一名签约艺人。

张帅把签约工作室之事告诉女友徐燕，徐燕激动地在张帅额头印了个吻，张帅淘气地抱着徐燕飞舞旋转。

张帅自签约工作室后，开始为工作的事情而忙碌。徐燕理解他工作的辛苦，也就不再要求耳鬓厮磨了。换作以前，两人爱得如胶似漆。

徐燕的理解与信赖，也使张帅在工作上更加卖力，深得老板的喜欢和赏识。

张帅人气渐涨，粉丝也在逐渐增多。张帅不仅在微博上与粉丝互动，还在发布会和座谈会等场合与粉丝近距离地互动。粉丝们对张帅的低调、善良、幽默、淘气、大度、随和、仗义印象深刻，觉得张帅并不高高在上，愿意亲近粉丝，并一致看好他日后会走红。

徐燕作为女友，也会时时提醒张帅，不要被鲜花和掌声迷惑了双眼，未来的人生路途还很漫长，需要再接再厉，再上新的台阶。张帅表示认同。

◀ 工作室举办张帅和粉丝见面会。粉丝们能够与自己的偶像近距离地交流互动，他们非常高兴。

那天，活动如期举行，现场好不热闹。各家媒体长枪短炮的，让消息像长了翅膀飞向大众，人们更加喜欢张帅这么帅气而又善良的艺人。现场张帅与粉丝们的密切互动，更是将活动推向了高潮。

凡事有利也有弊。张帅把重心放在了工作上，自然会对徐燕的关爱相对减少。虽然徐燕表面上不说，内心却翻江倒海，担心他会不会爱上别的女孩，担心别的女孩会不会爱上他。她有时会发信息给他，他却因忙于工作的事，忘了给她回信息，这会让她一整天都心神不宁。虽然如此，但她还是理解他工作的辛劳，却也渴望他能多关爱自己一点。她的内心很矛盾。

有一天，徐燕抓住机会问张帅，为什么他对她的关爱少了。张帅迟疑片刻，郑重其事地告诉徐燕，他会给她一个满意的惊喜。徐燕期待着。

在工作室的积极筹备下，张帅的个人演唱会如期举行。张帅知道自己的女友就在台下听他演唱。面对众多的粉丝，张帅比以前的任何一场演唱会都要投入和专注。

出乎意料地，张帅竟当着台下所有的观众，向正静坐台下听他演唱的女友徐燕深情告白。徐燕感动得掩鼻而泣。

没过多久，张帅参加了电视台的选秀节目。

在众多实力歌手面前，张帅毫不怯场，赢得了台下观众阵阵掌声，也赢得电视机前观众的喜爱。

张帅不负众望，过关斩将，在众多歌手中脱颖而出，最后赢得了选秀节目的总冠军。

获奖后，在接受电视台采访时，张帅特别提到了女友徐燕，有她的支持和理解，才使他一步步地走到了今天。

为了庆祝男友张帅的成功，又恰逢张帅的生日，徐燕特地在某个酒店的包厢布置了烛光晚餐。

这确实带给张帅惊喜。张帅给了徐燕一个深情的吻。

两人沉醉在这份爱里。

◀ 爱的归期

王艳看上了村里的书呆子鲍刚。鲍刚自幼失去父母，靠他的姨母供给学费才勉强完成学业，今后的路就靠他自己走了，再寄人篱下也说不过去，更不能辜负姨母的养育之恩。

王艳的父母是持反对态度的，毕竟自家宽裕，有着天壤之别，况且女儿还是师范大学的高才生。

当王艳跨进大门时，她的父亲就气势汹汹地大骂："去哪儿了？该不会又和鲍刚幽会了！你坦白地说，不然我揍死那臭小子！"

王艳直言："爸，我爱他……"

"放肆！"王艳的父亲大骂一声。

王艳委屈地哭了："爸，您不能这样强行干涉！我俩相爱，又不关你的事。不管怎样，我以后都要跟着他……唔……唔……"

王艳的父亲气得直发抖，幸好王艳的母亲过来扶住他，让他坐下。

"烟！烟！"他气急败坏地伸手要香烟。

"医生说过，你得了气管炎，不能吸烟。"王艳的母亲规劝丈夫。

他用力拍了一下椅子，又使劲跺了一脚地面，声音沙哑地叫："还管她娘的！女儿变了，这个家还行吗！哎，哎！"

王艳早已泣不成声。她以哭来打动父亲的同情与理解。兴许这哭声最能缓解这一僵滞的气氛。她能为爱至死不渝，她已真正爱上了一个值得付出女人一切的男人！

鲍刚不知何时冒了进来。

王艳的父亲像是见到深恶痛绝的敌人，全身的血液直往上涌，青筋暴出来，眼睛圆睁着，手捏得紧紧的。

鲍刚一阵骇然！这咄咄逼人的气势着实令他悚然失色。他连忙说："叔叔，您不要生气。"

"你占了我女儿便宜，这个气是要出的！"

王艳挺身而出，挡在鲍刚面前，为他辩护："爸，您不能逼他，他没有错！您要惩罚，就打在我身上得了！"

王艳的母亲上前一步，拉住丈夫的手："你以前不是老唠叨一句话吗？儿孙自有儿孙福。可现在，你阻着女儿恋爱，这行吗？我看鲍刚为人正派，有学问，我很中意，女儿找了他，没错！"

王艳的父亲瞪了一眼，用手一甩，说："他几个屁字能值多少钱？你想让女儿穷一辈子吗？不行，绝对不行！"

王艳的父亲执拗到了极点。

鲍刚忍气吞声。他暗暗发誓要以实际行动证明自己是强者。

鲍刚彬彬有礼："叔叔，请您宽恕。我和王艳两情相悦，这是爱情牢固的基石。我们彼此都爱着对方。"

"我不听！反正，你俩谈恋爱我是不肯的！"

王艳的父亲说这话感觉不是从嘴里说出来的，像是"喷"出来的。他"喷"的时候，嘴角的唾沫飞溅出来，溅到了鲍刚的脸上。

鲍刚轻抹了一把脸，随后深情地顾盼了一下王艳，就出了门，脚步迈得从容洒脱。

"鲍刚，等等！鲍刚！"王艳追了出去。

"哎，你这犟脾气，几时能改呢？哎……哎……"王艳的母亲泪流满面。

"嫁出去的女儿泼出去的水，我管不了了！"

王艳的父亲毫无表情地坐在椅子上，垂着头，唉声叹气。

第二天，王艳去见鲍刚。她发现在他的写字台上，压着一张信纸。

她已意识到了什么，心里翻江倒海。她缓缓地展开信纸，信纸上遒劲的钢笔字映入她的眼帘：

我的艳：

原谅我不辞而别！

你是我最大的幸福，你使我尘封的心燃烧了爱情的火焰！

我应该勇敢地走向社会，投身火热的社会生活。残酷的现实社会让人为了生存而奔命。我要成就一番事业，我要创造一座精神家园！

我不甘于现状，努力探索新的生活。

就让动听的歌曲《窗外》从天籁处响起，祝福你也祝福我！

我心中只有你，我会永远爱着你的！

亲爱的，有一天我会回来的。

吻别！

你的刚

王艳已哽咽了！

痛苦正向她袭来，希望也从她心中腾起。

她想到人生在世，免不了磕磕绊绊，免不了聚散离合。

她觉得与鲍刚还有将来，如果他荣归故里，一定会与她再叙旧情！

王艳记住了他的话，"不甘于现状，努力探索新的生活"。

她把爱藏在了心灵深处，等候着他凯旋。

◀ 爱的坚守

他决定放下工作，去找她，将自己的心意告诉她。

他来到了她家楼下，打电话叫她下来。她接到他的电话后，满心欢喜地下了楼。

当她看到他站在那里，脸上带着温暖的笑容时，心中的喜悦更加浓烈了。

他走向前，轻轻地握住了她的手，鼓起勇气，说出了一直想说的话："我喜欢你。我希望我们可以在一起，共同走过未来的每一天。"

她听了，脸上露出喜悦的表情，眼中闪烁着感动的泪花。

她回应道："我也喜欢你很久了。"

两人相视而笑，彼此的心意终于得到了确认。

正在这时，她的父亲看到了两人在一起，很生气。

她的父亲冲过来，打断了他们的对话，怒斥道："你们在干什么！"

他有些慌张，但还是坚定地站在她身边。

"叔叔，我是认真的，我会好好地爱她。"

她的父亲却不领情："你别以为我不知道你是什么人，你配不上我的女儿！"

说完，他要拉女儿回家。

"爸，我们是真心相爱的。"她哭着说。

他也说："叔叔，给我个机会，我会证明自己的。"

她的父亲瞪了他一眼："我不会相信你，除非你能做出一番事业！"说完，便强行带走女儿。

他心情沉重地回到家，心中充满了对未来的担忧和不安。他深知，如果想要和她在一起，就必须付出更多的努力，要活出个人样来。于是，他下定决心，要通过自己的奋斗改变命运。

从那以后，他每天都投入大量的时间和精力学习。他积极寻求机会，希望能够有所突破。经过长时间的努力，他终于迎来了转机，幸运地考上了公务员。

"爸，他考上公务员了，这是他努力的结果，您说过给他机会的。"她在说服她的父亲。

父亲叹了口气，说："我知道他有能力，但我就是不喜欢他的性格。"

她却坚定地说："爸，只要我们相爱就行。您不能因为自己的偏见而否定他。"

父亲沉默了片刻，最终还是点了点头，说："好吧，既然你这么坚持，我就答应你们谈恋爱。但如果他敢对你不好，我绝对不会放过他。"

父亲接受了他，并认可了他们的爱情。她开心地笑了，拉着父亲的手，撒娇地说："爸爸最好了！那我现在就去找他，把这个好消息告诉他。"说完，她迫不及待地跑了出去。

她来到他面前，轻轻握住他的手，温柔地说："我爸同意我们相处了。"

他看着她美丽的脸庞，眼里满是爱意。

◀ 爱的接力

陈小才高考落榜后，凭着自己强壮的身材，在采石场做起了活儿。采石场离家有几十公里远，小才就租在采石场附近的一家民房里。

高小花与陈小才青梅竹马。小花初中毕业后就没有再读书了。她不能继续读书也是有原因的。农村的女孩上完初中就得学一样活儿，比如缝纫。这是农村观念所造成的。小花除了白天做缝纫外，晚上捧着《新华字典》，自学陈小才的高中教材。她差不多能把语文教材之中的重点科目背下来了。久而久之，她的写作能力有了质的飞跃。她万分感激与她朝夕相处的小才——她叫他小才哥，这是她打小对他固有的昵称，直到如今未曾改口。她的处女作寄给杂志社后，居然被刊登了。于是，她写信给了在采石场做工的小才哥。

小才和小花就用这种传统的写信的方式交流着彼此的心迹。爱情在两人的心中渐渐地萌芽。

一个早上。

"小花在家吗？快，快！出事了，出大事了！"一中年妇人急匆匆进屋来。

小花一阵惊愕，问："叶妈，什么事？"

"石头落到头上……送到医院……快去呀！"

"你说的是……"小花预感不妙，她先前急跳眼皮，莫非有不祥之兆？

"陈小才那小子啊！"

"啊……"

医院。抢救室。

室内的空气僵滞了，令人窒息。里面围满了一大群人。

"哎，他快不行了！"年逾半百的老医师出了抢救室，无奈地摇摇头。

"小才哥——"小花扑倒在床沿，泪水如断了线的珠子。这时她仿若置身于无人之境，声嘶力竭地喊："我不能没有你啊……"

小才妈早成了泪人。

此时小才的思维还是有的，只不过气息奄奄、动弹不得了。一向能抬起百公斤巨石的他，此刻竟连启齿的力儿也用不上了。

"小才哥，你答应过我，你要用一生陪伴我，爱护我的……"

一切美好的事物在小才的脑海里渐渐黯淡了。人都有生的欲望，他是多么想能在这世上多活几天，甚至一个小时，半个钟头……但是他办不到。他绷紧的手松开、滑落，双目闭着了，脸上仍留有一丝微笑。

小花紧搂着他，泣不成声。

小才爸告诉小花："小才他的死是光荣的。他为了救别人，不惜牺牲自己，你该为他感到骄傲。"

小花站起身，收了眼泪。因为她知道坚强的小才不忍心让心爱的人儿在他死后眼泪双垂。

在陈小才租用的卧室，小花发现了小才写给她的一封信。信的内容是这样的：

小花，你在杂志上发表了好几篇文章，昨晚我痛快地喝了两瓶啤酒。当夜我辗转反侧，回想起两年多的采石场生活，有酸也有甜。酸的是这弹丸之地，束缚了我的思想，阻碍着我的前途，湮没了我的潜力和才华；甜的是这工作给了我强健的体魄。我常想：到外面闯吧，或许更有前途，不经历风雨，怎么见彩虹？我曾做了个梦，梦见自己从山上掉下来。这是个好兆头，因为梦境常与现实存在着反差，它预示着我将来定能攀上这座山的巅峰，实现心中的理想。小花，其实我与你的理想是相通的。本着对文学的热爱，我很想将采石场的工作记载下来。我准备再过一年半载的，等挣了些钱，带着你到外面寻找适宜的工作，共同创造美好的人生，虽然这条路还很艰难、曲折、漫长。

小花的视线模糊了，她此刻的脸色显得很苍白，嘴唇微微地动了几下。她下意识地转身朝向窗外，望着小才曾工作的采石场，一把抹掉眼睑的泪珠，眨了眨，尽力使自己看得清楚。她心中已有了个长远的打算：通过文学创作，一步一个脚印，踏出光明的人生，也为天堂里的小才实现心中的凤愿。

◄ 爱的旅途

他兴高采烈地拉着她，一同踏上了他们期待已久、梦寐以求的杭州之旅。

阳光明媚，微风拂面，杭州这座美丽的城市充满了无尽的魅力和浪漫气息，他和她心中都涌起一股无法抑制的兴奋之情。

他和她手牵着手，眼中闪烁着对未来美好生活的憧憬与期待。

在杭州，他和她找好了下榻的酒店，吃好午饭后，便迫不及待地直奔西湖。

约半个小时之后，两人来到西湖。但见湖水清澈如镜，周围绿树成荫，美不胜收。两人沿着湖畔漫步，感受着微风拂面的惬意，仿佛置身于童话世界。

两人一边欣赏着湖光山色，一边畅谈着彼此的梦想与生活。

他说："这次你能勇敢地跟我出来游玩，我真的很感动。"

"既然选择了跟你在一起，我就能做到义无反顾。"她回答得很干脆。

他不由得伸手抱了抱她。

两人走走停停，不知不觉间，太阳渐渐西沉，晚霞染红了半边天。此时的西湖更显迷人，湖面波光粼粼，宛如一幅绚丽多彩的画卷。

他和她陶醉在这美景之中，忘记了时间的流逝。

两人沿着湖边往雷峰塔的方向走，看到晚霞洒在湖面上，湖面像镀了一层金光，又像涂了厚厚的胭脂。雷峰塔倒映在水中，显得格外好看。

两人绕过雷峰塔，就来到了苏堤。此时柳叶已长得格外碧绿，清风拂过湖面，柳枝也在风中梳理着自己的长发。此时，游人三三两两，说说笑笑，都在欣赏这幅美丽的水墨画。

直到夜幕四合，华灯初上，两人才恋恋不舍地离开西湖。

两人回到下榻的酒店，在酒店吃好自助餐后，回到了房间。

他问："我订的这房间，你还满意吧？"

"满意，很满意，非常满意！"她笑着说。

他看着她可爱的样子，嘴唇凑了过去。

第二天，两人又去感受了那千年古刹灵隐寺的宁静与庄重，还品尝了地道的杭帮菜，领略了江南水乡独特的韵味。

这段杭州之旅就要结束了，但两人的爱，才刚刚开始。

◀ 爱的味道
························

第一次在她家，他吃的是她包的饺子。

那天，他和她开车来到菜场，买来了饺皮和馅料。

他学着她包起了饺子，学得有模有样。

"你是第一次学包饺子吧？"她笑着说。

"是啊，包得难看，你可别笑话我哦！"

"瞧你会写作，会书法，生活就是一个白痴。"她有点得意。

"我就是白痴一个。"他自我解嘲。

说着，他突然凑过去，在她的脸颊上亲了一口，令她猝不及防。

"胆子真大，不要脸！"她羞红着脸说。

他知足地垂下头，继续包饺子，却已心潮澎湃。

"这个饺子皮儿有点厚啊！"他有些笨手笨脚。

"是你不会包的缘故。你可以多放一些馅进去。"她熟练地包着水饺。

他动情地说："很高兴能吃到你包的水饺。"

"就包个水饺而已，看把你给乐的！"她开心地笑了。

一个个包好的饺子就像士兵列队一样，整齐地立在那里。

"你把这些饺子端到厨房来。"她吩咐道。

"好咧！"他愉快地回应。

她站在煤气灶前，熟练地将锅子放在炉灶上，轻轻拧开燃气开关。随着"噗"的一声轻响，蓝色的火焰欢快地跳跃起来，映照着她专注的脸庞。而他则静静地站在边上，看着她煮水饺。

她小心翼翼地将适量的水倒入锅中，等待着水烧开。当锅底开始冒出小气泡时，她轻轻地将一大盘的饺子倒入水中，看着它们缓缓沉入水底。

她目光紧盯着锅里翻滚的饺子，生怕它们粘在一起或煮破了皮。每当有一个饺子浮出水面，她就用漏勺轻轻搅拌一下，让它们受热均匀。

在这过程中，她加了两三次的清水。

"为什么要加清水呢？直接一次性煮熟不就行了吗？"一旁观看的他不解地问。

"那是为了防止饺子粘连、促进均匀煮熟、保护饺子皮的质感和口感、控制温度以及防止饺子皮破裂呢！"她胸有成竹地回答。

"哦，原来是这样呀！"他恍然大悟。

饺子渐渐变得透明，散发出诱人的香气。

"认识你，看来我有口福了。"他笑了笑。

"你想得美！"她的脸蛋热辣辣地烫，不知是灶火的原因还是心里甜蜜的原因。

终于，饺子煮熟了，她慢慢地将它们捞出，盛进碗里。他迫不及待地凑过去，闻了又闻。

"你端到餐桌上，再闻也不迟呀！"她觉得他的这一举动，还是挺可爱的，就像一个馋得不行的小孩子一样。

"好的，那我端过去了。"他笑呵呵的。

"小心点，碗有点烫！"她嘱咐道。

他的手指刚触到碗沿，就像触电一般缩了回来。

"确实啊，这碗太烫，得用抹布包裹着才行！"他想到了办法。

"记得餐桌上也垫一层隔热的。"她又吩咐了一句。

"我知道的。"

热气腾腾的饺子摆在了餐桌上，她和他你看看我，我看看你，就等着水饺降降温呢！

他用汤勺小心地将一个水饺送到嘴边，吹了又吹，然后慢慢地咀嚼。

"哇，这饺子真好吃！"他赞不绝口地说。

"你喜欢吃就好。"她微笑着回答。

他以同样的方法吹了吹饺子后，这次他没有送入嘴里，竟然递到了她的嘴边。

她脸蛋儿又红了，说："我自己会呀！"

"吃一个吧！"他就想喂她一个。

她只好张开嘴，吃下了他递来的饺子。

◀ 爱你到最后

　　他比她大二十岁，是在一次创作年会上认识的。

　　他在灯光下伏案奋笔疾书。他在写什么呢？原来他有了创作灵感，句子如玑珠落盘滚进了张张白纸。他情绪高涨，难以就此住笔，如果稍停或者休憩一会儿，那行文气势也就被打断了。他很喜欢能拥有这种写作状态，这使他能够尽情地发挥才思，能在字里行间流露出自己的性情。

　　她夜间到来，真的打搅了他的创作。

　　还在写作呀！她开口说。

　　是呀，刚写到一半，喏，给你看看。他搁下笔，人往椅背上仰，跷起了二郎腿。

　　她接在手里，认真地看了起来。

　　你看出点什么啦？他狡黠地一笑。

　　该不是在写我啊！经这一指点，她像是刚从睡梦中苏醒过来一般，双颊绯红了。

　　他霍地站起，紧紧搂住她：我至今孑然一身，为了这片朝觐地身心憔悴。如今，有你在我身旁，我是多么幸福啊！别离开我，好吗？

她一时不知所措。这突如其来的拥抱，她意料不到。她的心狂跳着，脸涨得通红，紧张地说：别这样，别……别……

还没等她说完，他的嘴唇已堵住了她的嘴。她半推半就，手也自然地勾住了他的颈项。

他边吻边抚弄她那披散着的丝发。

他蕴藏已久的激情，像火山爆发了出来……

我要走了。她站起身，理了理蓬乱的秀发。

他深情地望着她，无言，目送她的身影消失在静谧的夜空中。

一天，他感觉身体很不舒服。她陪他去医院做了检查。令她惊愕的是，他患了绝症，而且已是晚期。她强忍住心中无比的创痛，尽量不在他面前流出哀伤的泪水，否则他会怀疑的。

她勇敢地向医生申明自己是他的家属，对他却讳莫如深。她不想让他得知严重的病情，只希望他坚强地活下来。

他连创作的精力都没了，什么灵感、激情都跑得远远的。他只躺在床上哼着气儿。他见着她来了，眨眨眼示意一下也觉得很吃力。

她看到这情景，真想痛哭一场。但她又镇住了，只让眼泪往心里流。她俯在他的身旁，轻轻地用纤手抚摸着他的脸颊。

他沙哑着问：我得了什么病？

你没事的，过几天就会好转的。她将头贴在他的胸口，似在倾听他微弱的心悸。这是她对他说的善意的谎言。

他没说什么，嘴唇翕动了几下，吐出一丝淡淡的苦笑。兴许他已知晓了自己的病情，感到不久会离开这令他眷顾的人世。他有冥冥的预感。

她显然已闻到了被褥和他的人体所散发出的一股臭味了。然而，她没有就此离去。她缓缓地起身，解开了外衣。

她深情地望着他，顺手熄了灯，整个房间一下子变幽静了。

他触到她性感的部位，却已有气无力。他回想起与她接吻的情景，不由得心潮澎湃。今夜，他还是忍不住用粗糙的右手摆弄她黑亮柔滑的秀发。随后，他带着一份知足进入了梦乡……

接下来的日子，她悉心照顾他，单位那边请了长假。只要他还活着，她不会离开他半步。

分手永诀的那天到了。他捏住她的手，颤抖地说：我活不了了！

他用全身的力气喷出这几个字。几十秒钟后，他手一摊，就这样平静地离开了这个缤纷的世界。

此刻，她的泪喷涌而出。

她声嘶力竭地喊：我爱你！我永远爱你！

声音萦绕在整个房间。

此时，自然界的万物都在为他的逝去而悲恸哀嚎。仿佛天籁传出了哀丝豪竹，为他送别，为他祈祷。

她温情地给了他一个吻。

或许，他还未丧失意念，听到了她的呼喊，也感觉到了她赐给他的最后的深吻！

◀ 爱情锁

　　在小琴和小伟家的抽屉里，藏着一把漂亮的锁具。这可是两人的爱情信物哦。

　　小琴和小伟是在网上认识的。都说网络谈情说爱很不靠谱，但小琴和小伟还真不信这个邪。

　　网恋确实是挺美好的。两人不在同一个城市，平时都因忙于工作，现实中见面的机会很少。所以，两人只好用网络视频了。

　　随着交往的深入，两人越发觉得对方的美好，那种想见却不能见的痛苦，只能埋在心底里。

　　过了一段时间，小伟告诉小琴，他要当面送给她一个礼物。

　　那天，小伟坐着动车如约而至。

　　当真实的小琴就这么婷婷地站在面前，小伟的心快要跳到嗓子眼了。原来，现实中的小琴，比网络视频中的还要漂亮。

　　小琴一见如故，友好地向小伟伸出手，小伟反倒有些羞涩，但还是握住了小琴的手。

小琴问小伟给她带了什么礼物，小伟说是一把锁具，非常精致。

小琴好奇地问他为什么要送她锁具。小伟说，这锁具有寓意，锁具好比是心锁，小琴的心门为他而开，也为他而锁。

听了小伟的诉说，小琴感动得无以复加，欣然地接受了小伟的礼物。

就是那把精致的锁具，小琴爱不释手，视如珍宝，常常拿出来把玩，看到锁具，她仿佛就看到小伟站在她的面前，那么含情脉脉地看着她，让她心生温暖。距离不是问题，只要两颗心像锁具那样紧密相连，就一定会有美好的明天。

在看不见对方的空间里，思念会带给人无尽的温馨。两人不因距离而疏远，反而因锁具这一爱情信物的维系而更加坚定。

小伟和小琴平常就通过手机和网络两种方式交流彼此的心迹，让两颗心靠得近一些，更近一些。

时间过得好快，转眼春暖花开。

小琴毅然辞掉了工作，带着那把精致的锁具，投奔小伟而去。

没过多久，小琴和小伟领了证，举办了婚礼。

在婚礼现场，小琴和小伟向亲朋好友展示了他们的爱情信物——普通得不能再普通的锁具。就是这个锁具，让两人的爱情如此的坚定。同时，他们也向亲朋好友讲述了网恋的故事，并说网络上也有真爱，只要男女双方播种下爱情种子，用心地呵护，就一定能开花结果。

这就是爱情锁。

◀ 爱在黄浦江畔

他知道她在中国电信上班。

一天周末，他去电信营业厅，想咨询一下有没有便宜点的套餐，正好碰到了她。

"你来干吗？"她问。

"你就这么对待客户的吗？"

"您好，很高兴为您服务。请问您来办理什么业务呢？"

他快要笑出声了。

"先生您好，这里不谈跟工作无关的事情，请问您来办理什么业务呢？"

"我来咨询有没有更便宜的宽带套餐。"

"这个还真没有。"

"这个可以有。"

她扑哧一笑："你怎么学起小品的台词来了？"

"你笑得真美！"

"我这是在工作，你别逗我了好不好？"

那天晚上，她给他打去电话。她的号码，电信内部是可以免费拨打的。

他和她天南海北地神聊了一通，到了子夜时分，还毫无睡意。

"电话打了那么长时间，让你破费了。"他说。

"破什么费，我打电话是免费的。找个人聊聊也挺好的。"

"哦，原来如此啊！那你以后可以多打电话给我，我很乐意接听的。"

"你想得美！我跟你什么关系呀，还只见过两次面呢！"

"有缘不在见面次数多少，重在两人聊得来。"

"不跟你聊了，明天还要上班，挂了。"

"好吧，晚安！"

他很亢奋，这是他有生以来第一次跟一个女孩聊了那么长时间。他觉得跟这个女孩还有故事，还可以继续交往下去。

这不，她和他天天煲电话粥，两人的亲密度自然而然就上来了。

这之后，他开车带她到处玩。

两人来到了上海外滩。外滩位于上海市中心黄浦区的黄浦江畔，即外黄浦滩。外滩南起延安东路，北至苏州河上的外白渡桥，东面即黄浦江，西面是旧上海金融、外贸机构的集中地。与外滩隔江相对的浦东陆家嘴，有上海标志性建筑东方明珠、金茂大厦、上海中心、上海环球金融中心等，成为中国改革开放的象征和上海现代化建设的缩影。

外滩矗立着五十二幢风格迥异的古典复兴大楼，素有外滩万国建筑博览群之称，是中国近现代重要史迹及代表性建筑，是上海重要的地标之一。

外滩那一排开满花朵的墙叫外滩情人墙，四季花开。

在这样一个有阳光的慵懒的下午，他和她牵着手步行在外滩。

"上海就是我们爱情的见证地。"他深情地对她说。

她点着头，认同了他的说法。

两人站在外滩，欣赏着黄浦江上的风景，手一直没有松开。

◀ 爱在乡间

他拉过她的手，目光注视着她。

"愿意去我乡下老家一趟吗？"

"好呀。好久没去过了。"她爽快地答应了。

于是，他熟练地驾驶着汽车，一路平稳地行驶着。他时不时地与她交流，分享着自己工作中的事情。车子穿过繁华的城市街道，逐渐驶向郊外。她坐在副驾驶座上，欣赏着窗外不断变化的风景。

随着车程的推进，他们进入了乡村地区。远处山峦起伏，绿树成荫。

他放慢车速，指着田野说："这是我小时候经常玩耍的地方，那时候我们会捉泥鳅、钓黄鳝，度过一个又一个快乐的夏天。"

她听着他的描述，仿佛能感受到那份童年的快乐。

他没有直接开往老家，而是绕到了山脚下。

停下车子，他拉着她的手，经过一条清澈的小溪，溪水潺潺流淌，水面上倒映着蓝天白云。

他让她感受一下夏日清凉的溪水。她蹲下身来，用手轻轻触碰溪水，真的很凉爽。

两人继续前行，来到一座古老的庙宇前。庙宇周围环绕着茂密的树木，显得庄严肃穆。

他向她介绍道："这座庙宇已经有几百年的历史了，有着古老的传说，每年都会吸引很多人前来朝拜祈福。"

她好奇地望着庙宇，心中充满了敬畏之情。

两人原路返回，来到停车的地方。

"感觉怎么样呢？"他问。

"挺宁静安详的。"她回答。

他启动车子，抵达了自己的老家。

她刚一下车，他的父母就热情地迎了上来，脸上洋溢着幸福的笑容。

她向他的父母问好："叔叔阿姨好！"

他的母亲拉过她的手，欢喜得不行。

她跟着他走进家门，老家虽然陈旧，但打扫得干干净净，布置得温馨而舒适。

不多时，厨房里就飘来了阵阵香气。原来，他的父亲正在厨房里大展厨艺，做着一桌丰盛的菜肴。

随后，大家围坐在餐桌旁，边吃边愉快地交谈着。

"我爸烧的菜，好吃吧！"他问道。

"太好吃了！"她赞不绝口。

饭后，他和她一起走出屋子，两人沿着乡间小道漫步，享受着清新的空气和宁静的氛围。她被这如诗如画的景色深深吸引，忍不住拿起手机，记录下每一处的风景。

他看着她开心的模样，心中也充满了喜悦。他希望她能够喜欢这里，感受到自己家乡的魅力。

"感受如何？"他问。

"被爱包围的感觉。"她回答。

他听了，手自然地搭在了她的肩上。

夏日的傍晚，夕阳西下，余晖洒在乡间小道上，宛如一幅金色的画卷。他和她手牵手漫步在这条宁静的小路上，偶有微风轻拂着他们的脸庞，带来一丝凉爽。

"来这里心情就会很舒畅。"她感慨道。

"是啊，远离城市的喧嚣，让人感到无比放松。"他回应道，紧紧握住她的手。

她仰起头，望着天空中的晚霞，不由得脱口而出："好美的晚霞！"

"风景美，人更美！"他情不自禁地回答。

她开心地笑了。

夜幕降临，星星出现在天空中。他和她停下脚步，静静地欣赏着这美丽的夜景。他们相互依偎着，感受着彼此的温暖，心中充满了对未来的期待。

她与他的父母道别后，坐上了他的车子，驶向灯火辉煌的城市中心。

车窗外的夜景如诗如画，灯光璀璨，繁华的街道上车水马龙，熙熙攘攘的人群和闪烁的霓虹灯构成了一幅充满活力的都市画卷。

她静静地坐在副驾驶座上，思绪却飘向了远方。她想起了刚刚与他家人度过的温馨时光，心中不禁涌起一股暖流。他的父母热情好客，让她感受到了家的温暖。而此刻，她正与他一同踏上归程。

她转头看向他，他正专注地开着车，眼神坚定而温柔。

◀ 奔跑吧爱情

他原先是一个胖子，身高不到 170 厘米，体重却超过了 100 公斤。他的胃口很大，一顿吃个三碗饭不成问题。平常点心加夜宵，才勉强解决"温饱"问题。

他都快 30 岁了，还没有对象。之前家人托媒人给他相亲，每次都以失败告终。颓丧之余，他下决心这辈子做个"单身汪"了。

他在数码城做了一名电脑维修工。

数码城是个热闹之地，每天都有帅哥美女从身旁经过。对于美女，他忍不住会偷窥几眼，而美女似乎对他不屑一顾。

这电脑维修的活儿，忙的时候忙得一塌糊涂，闲的时候坐着发呆，静看人来人往，掐着时间盼着早点儿下班。

母亲打电话告诉他，媒人给他介绍了个相亲对象，安排在晚上相亲。他同意了。

他也记不清这是他第几回相亲了，每回相亲失败，他都懒得去记次数了。除了工作上的些许成就感，他的生活糟糕透顶。

那晚，他如约来到了茶室。他一眼就认出那个女孩就是他的初中同学，还好，她没认出他来。他在心里感慨：世界真小啊。

她仍然没有辨出他是谁，毕竟他的模样儿已今非昔比了。

当他说出自己的大名时，她露出惊讶的表情，不可思议地看着他。

他问她，对他还有印象吗？她说，印象深着呢！他是我们班的体育特长生，立定跳远能过两米六，男生们都达不到他的水平。

在灯光的照射下，她一脸红润。她像是沉浸在美好的回忆中。

此时此刻，他简直无地自容。现在的他与以前的他，已经截然不同了。他为现今肥胖的自己而羞愧不已。

她说他乐于助人。有一次放学，她忘了带雨伞，是他把雨伞借给她，而他自己却淋着雨回家。

他说，都过去这么多年了，还记着啊。

她又说，还有一次，她忘了带学校食堂的饭卡，是他将饭卡借给她刷，隔天她让他刷回去，他坚决不肯。

他笑着说，没想到初中老同学，竟然以这种方式见面了。

她也跟着笑，说，真没看出是他，完全变样了。

他无奈地苦笑。

她说，以前他帮助过她，现在她愿意帮助他减肥。

他问，有什么好方法，能让他瘦下来。

她回答，跟她一起晨跑。

他得知她每天都在晨跑，心里佩服不已。他觉得自己应该付出努力，才能控制住体重，让身体瘦下来。

见他不回答，她问他愿不愿意跟她一起晨跑，他回答说愿意，非常愿意。

就这样，他们开始了晨跑。

每天，她都会催他。有她带头，他也就有了跑的动力。

刚开始跑，他跑得很慢，跑跑走走的，她也不怪他，知道跑步是一项有氧耐力运动，是要循序渐进的。于是她也放慢节奏，配合他的跑步频率。两个人并排向前跑。

两个星期下来，效果很是明显。

他说，重新认识她后，又让他找回了当年的自信。

她说，跑步都有人陪伴了，这种感觉真好。她最欣慰的是，看着他在她的眼皮子底下瘦下来了。

他笑笑，很自然地拉过了她的手。

她没有松开他的手。

◀ 冰 释

辉微微一笑，扳过梅的双肩，说，嫁给我吧！

梅摇头，又点了点头，红晕顿露。

那夜——

辉带着一位女的，急急地来到市区花园。

梅正好看到这一切，于是她偷偷地尾随着。

那女的声音沙哑，但仍依稀可聆。

倩，别哭了！辉安慰着。

辉哥，以后……以后的日子，你就是我最亲的人了！

梅的心一颤，妒意往心头上涌。梅想挺身而出，但理智阻止着她。她想，先看看辉有何反应，然后再作决断。

那个叫倩的女人见辉呆怔着，说，辉，你怎么了？

梅望着辉似乎无动于衷的样子，她心中暗喜。

你的脸色很苍白，是不是病了？或是因为我家的缘故吧？倩温和地说。

第一辑 爱情滋味

没什么，真谢谢你的关心！走吧，看你的父亲去！辉攥过倩的手，打了辆的士，瞬间便消失在梅的视线里。

此时月亮被浓荫的云朵遮了脸蛋，偶尔能从缝隙里透出一线光来，但光是那么黯淡，就连鸟们也失了和鸣。

梅感到心如铅块，无数的怨恨填满了肚子。她失落、愤懑，有种被抛弃的苦痛悲凉的感觉。

泪珠悄然滑落，无尽的后悔，无尽的忧伤占据着她的心空。

她愤然吐出四个字：何必相识！

其实并非辉用情不专。辉陪倩去了趟人民医院。因为倩的父亲患了绝症，已是晚期，危在旦夕。而这，梅哪能猜测到呢？

终于在数天后的下午，倩的父亲去世的噩耗由梅的父亲传到梅的耳际，梅才知道那个叫倩的女人是父亲高中同学的女儿。但梅不能容忍倩夺去了自己的所爱。

在葬礼后的一个晚上，辉带着倩来到梅家。

这出乎梅的意料。

梅本想拒他于门外，但转念想道：不妥，这有失礼节。

三人坐在会客室。

梅姐，不，梅嫂，辉哥心中只装着你，他是一心一意爱着你的。我知道，你也是爱辉哥的，不是吗？就因为我，对吧？你想错了，而且大错特错。其实，辉哥是我的校友，我俩只是普通朋友。倩娓娓地道来。

梅听了无比愧疚。她感到自己心胸太狭隘了，倩的胸怀能容纳百川。

倩，你……你和辉哥才是一对！梅很不情愿地吐出这话。

倩爽朗地笑了，说，傻梅嫂，爱情岂是儿戏，说变就变的吗？要是这样的话，辉哥是脚踏两只船，就是跳进黄河也洗不清了！辉哥，你说是吧？

辉无奈地苦笑。

倩坐到梅的身旁，伸出手握住梅的手，诚恳地说，梅嫂，你还在犹豫呀！要是辉哥跟了我，你真不心疼吗？梅嫂，爱是没有商量的余地的，真爱便是如此。

倩又转过身去对辉说，辉哥，你说过，咱俩永远是朋友，对吗？

辉点头认同。

梅抬头望着那张坚毅俊秀的面孔，那面孔曾使她如痴如狂过，此刻，她激动得不知如何是好。

辉哥，你知道吗？那晚我追随着你和倩，以为……梅更加妩媚可人。

噢，是这样啊，怪不得你翻脸了。你吃了不该吃的醋，不是吗？辉笑了。

梅痛快地说，感谢这次追随，让我结识了一位好妹妹！

◀ 吵架与和解

这对夫妻总是喜欢争吵不休，但每次吵完架后他们都会意识到自己的错误，并迅速和好如初。他们的生活充满了矛盾与和解的循环。

每当他们开始争吵时，空气中弥漫着一种让人窒息的紧张氛围，仿佛能听见火花四溅的声音。他们彼此对峙，眼神充满了愤怒和不满，情绪激动地互相指责对方的过错。

"都是你的错！"一方大声喊道，语气中带着责备和埋怨。另一方则毫不示弱地回应："明明就是你的问题！"他们的声音越来越大，像是要把心中的怨气全部释放出来。

争吵逐渐升级，双方开始不断列举对方的种种不是。每一句话都像一把锋利的刀子，刺痛着对方的心。曾经相爱的人如今却变成了互相伤害的敌人，言语之间充满了火药味。

有时候，争吵中的话语变得异常尖锐，甚至带有侮辱性。"你这个没用的东西！"或者"我真是瞎了眼才会爱上你！"这些伤人的话语如同一颗颗炮弹，无情地击中对方的心灵深处。

争吵越发激烈，两人都陷入了愤怒和失望的漩涡之中。原本美好的感情在这场争吵中被撕裂得体无完肤，他们也渐渐失去了理智，只剩下对彼此的怨恨与仇视。然而，当愤怒稍稍平息下来，他们便开始反思自己的行为，思考是否真的有必要这样争吵。

他们意识到，争吵并不能解决问题，只会让彼此的关系变得更加紧张。

于是，他们开始慢慢尝试着去控制住自己那犹如脱缰野马一般的情绪，不再让其肆意妄为地宣泄出来。他们学会了安静下来，仔细倾听对方的意见和想法，并努力去理解对方所处的立场与角度。这样一来，他们之间的沟通变得更加顺畅，争吵也渐渐减少。慢慢地，他们发现通过沟通可以更好地解决问题，而不是一味地争吵。

尽管他们仍然偶尔会发生争吵，但每次争吵后的和解都让他们更加珍惜彼此之间的感情。

他们明白了，争吵只是生活中的一部分，而真正重要的是如何共同面对这些挑战，不断成长和进步。

◀ 吹风机
....

残酷的现实给了她一个沉重的打击，她离婚了。

当她拿到离婚证的时候，她的手微微颤抖着。这本红色的小册子代表着她与过去彻底告别，也象征着她新生活的开始。

"你有什么心事吗？"他关切地问道。

她摇了摇头，心情十分低落。

"看你这两天无精打采、心不在焉的，一定是有什么事情吧？"这些变化都被细心的他给发现了。

她还是三缄其口。她不想离婚的事情搞得满城风雨。

"下班时，你来我办公室一趟。"他想找个机会与她谈一谈。

她点点头。

下班时分，当其他人都陆续离开后，她轻轻地敲了敲他办公室的门。

"请进。"他示意她开门进去。

她有些忐忑地走进了他的办公室，在他的对面坐下。

"现在没有别人了，告诉我你的心事吧！"他坦诚地说道。

"我离婚了。"她鼻子一酸，有落泪的冲动。

"是什么原因呢？"他很好奇。

"冷战。两人都不沟通交流。"

"什么原因让你们冷战呢？"他追问道。

他这样的关心是有点过头了，但她此刻并不反感，她反而觉得他的关心是恰到好处的。

"他经常应酬，有时夜不归宿的，我跟他吵了好几次，感情也吵没了。两个人都不说话，也不一起吃饭睡觉，这样的婚姻形同虚设。所以就离了。"她如实说道。

"你们都没有很好地去沟通交流，才导致这样的局面。"他分析道。

她觉得没有结过婚的他，在她面前却对问题分析得头头是道，看来并不是经历了婚姻，才对婚姻有个人的见解。

"可能是吧。"她回答。

"现在你们也离婚了，你也别放心里去了，调整状态，好好工作吧！"

她认真地点点头。面对他真诚的关怀和耐心的引导，她心存感激。

"走，吃饭去。"

他和她走进了食堂。

她的步伐显得有些沉重，然而，有了他对她的关心和鼓励，她好像并没有颓废下去。

他就坐在她的对面。两人默默对视片刻后，他轻声说道："我知道你心里难过，离婚对任何人来说都是一件痛苦的事情。但是，请相信时间会治愈一切伤痛。"

她微微点头，泪水在眼眶中打转。她感激地看了一眼他，然后低声说："谢谢你的安慰。"

整个晚餐过程中，他一直陪伴着她，倾听她诉说着内心的痛苦和困惑。他用温暖的话语给予她力量和勇气，让她感受到了真挚的情谊。

这顿晚餐之后，他跟她走得近了，工作和生活中的交集也更多了。他经常安慰失意的她，时不时地给她灌输一些心灵鸡汤。她对他有了些许好感。

他常常邀请她共进晚餐，不是在单位的食堂，就是在单位边上的小吃店。她没有拒绝他的盛情相邀。

一个月后，他竟然送给她一个小礼物，一个吹风机。她起初还不清楚，他送一个吹风机是啥意思。她特意上网查了一下，发现还真有特殊的含义。吹风机可以是生活中的小确幸，每当秀发在吹风机柔和的热风下逐渐变得顺滑时，就如同爱情的温柔力量，抚平工作一天之后的压力和疲惫。这不是表达爱意是什么呢？

她似乎刻意保持着一定的距离感，并没有明确回应他的感情。尽管如此，他仍然坚持不懈地表达自己的爱意。他试图了解她内心深处的想法，但她总是避而不谈。她想，她刚结束了一段婚姻，又要进入下一段的感情，这需要时间的缓冲。

某天晚上，他邀请她去看电影。在电影院里，他悄悄握住了她的手，她并没有挣脱。

电影结束后，他们漫步在街头。他终于忍不住开口问道："你愿意给我一个机会，让我更深入地走进你的生活吗？"

她停下脚步，看着他的眼睛，微笑着说："我想，我可以尝试着慢慢接受你。"

他听了，欣喜若狂，紧紧地拥抱了她。

从那一刻起，他们的关系渐渐升温，彼此的心也越来越近。

◀ 春联情缘

　　春节即将到来，王凯筹划着卖春联。他擅长书法，写春联不在话下。

　　王凯挨家挨户地叫卖春联。人们见他诚恳、热情，也就买了他的春联。

　　腊月廿三，他在乡村小道上骑着自行车。

　　夜幕降下来了，空幽的感觉渐从他心中滋生而出，一股恐惧感腾地萦上脑际，冥冥之中他预料到会出事……

　　他加快了车速，可是……

　　猝然，冒出三个蒙面人，他们来势汹汹。

　　王凯吓得不敢出声。

　　三个蒙面人叫嚷："拿钱来！"

　　王凯腿已发软。

　　三个蒙面人搜了王凯的外衣，取走了现金。

　　王凯拼命反抗，不能让他们抢走血汗钱，却遭到一顿毒打。

受伤的王凯被好心人送到了附近的诊所。

接诊王凯的是一位妙龄女子。女子后面，还站着一位中年妇女。

经过检查，王凯没什么大碍。

"我的自行车，还有我的春联，还在现场。"王凯说。

"放心吧，我让我爸用小四轮给运回来了。"这位女子回答。

王凯感动得落泪了。

王凯获知，女子叫高霞，开诊所的。中年妇女是她的母亲。

王凯感觉浑身疼痛。

"你先休息会儿，等下让我爸送你回去。"高霞说。

王凯想站起来道谢，可大腿像是被抽去了筋骨，无比酸痛。

高霞慌忙过去按住他的肩："嗨，别动。"

王凯将路上发生的事儿原原本本地告诉高霞。高霞倾听着，眼含热泪。

王凯说："能帮我打个电话到家里吗？我爸妈肯定急死了！"

高霞拨通了王凯母亲的手机号码。

"妈，我遭抢劫了，手机被抢走了，钱也被抢了。现在人在诊所。"

王凯母亲急急忙忙地来到了诊所。

高霞将王凯的伤情告诉了王凯母亲。

"他的情况不严重，休息几天就能恢复了。"高霞说。

临走前，王凯要了高霞的手机号码，并送给她一副自己写的春联。

晚上，两人聊起了天。

"王凯，春联是你自己写的吗？"

"是呀，有什么问题吗？"

"你的字写得真漂亮！"

"谢谢夸奖。我觉得你又善良又温柔。"

就这样，两个人聊了两个星期，已经很熟了。

正月里，王凯去拜访高霞。

王凯取出一支钢笔，微笑着说："霞，这支钢笔送给你留个纪念。"

高霞欣喜地接过王凯的钢笔，背过身去，说："凯，你相信缘分吗？"

王凯心想：命运安排了我跟高霞相遇啊。

高霞又说："凯，你不回答我吗？"

"霞，我相信缘分。"

高霞满脸绯红。

王凯在高霞家吃晚餐。

晚餐之后，高霞拉王凯往外走。

王凯不解地问："霞，你拉我到哪儿？"

到了偏僻处，高霞问："凯，你告诉我，你是不是喜欢我？"

王凯使劲地点点头。

"那你记好了，别去找别的女人。"

经过两个月的交往，王凯与高霞恋爱了。

◀ 此情依旧

方宝林与恋人闹了别扭。

宝林闷闷不乐、情绪低落。他决定去上海散散心。

足踏上海这方热土，宝林心潮澎湃。

宝林去了酒吧，看到有位美女端坐在对面的酒桌旁。她纤纤右手托着粉腮，若有所思的样子；乌亮的秀发披散在肩头，时不时那只白嫩的左手撩拨着秀发，头轻轻地往后一扬，秀发一甩，真妙不可言！

宝林痴痴地看，引起了美女的注意。她嫣然一笑，向他抛来了媚眼。

宝林很有风度地走过去，坐到美女的边上。

此时，一位穿着黑色休闲服的彪汉跨进了酒吧的大门，搂住美女的蛮腰，俯身亲了她的脸颊，唤了句："我的美人！"

美女亲昵地说："傻瓜，吓死我了！"

见此情景，宝林起身想回到自己的座位。

"他！"美女指了指宝林。

那"傻瓜"揪住宝林的衣领："你敢调戏我的女人？"

宝林摇摇头："大哥，我来上海，人生地不熟的，还请您多多关照。"

"还不快滚！"那男的骂道。

宝林赶紧离开是非之地。

离开酒吧的宝林，又想到了恋人，情不自禁地流下了滚烫的泪水……

又是一个月明星稀的夜晚，宝林迈进一家舞厅。

炫目的舞台上，多了些癫狂的俊男靓女。

经历前一次的遭遇后，宝林发现自己太不现实了，幻想得竟如孩子般天真单纯。其实，这类地方根本没有爱，何来爱的归宿！

他决定跳个舞，算是告别仪式，明早就回他的老家。

一个美女过来，勾住宝林的颈部，娇滴滴地说："帅哥，来吧，咱跳个交际舞！"

宝林不得已过去了。

"帅哥，你是哪里人呀？"

"浙江的。"

"哟，老远的，是来泡妞的吧？"

宝林没有回答。

"今晚你要我吗？"那女的风情万种，媚态百出。

宝林真觉恶心，他恨不能插翅离开这种鬼地方，这样的地方不值得有丝毫留恋。

他一把推开快要将半裸的酥胸贴在他胸口的女子，头也不回地离开了舞厅。那里只留下女子的唉声叹气，是不是在叹息错过了一桩难逢的生意呢？

宝林回到了家。

一个熟悉亲切的面孔在他的面前出现了。那人可是他的恋人啊！她怎么还在呢？她不是赌气说要离他远走高飞的吗？怎么会……

宝林傻了，他怔住了，伫立着纹丝不动。

恋人美娟已扑入他的怀抱，泪水汍澜。

"宝林，你真傻，你以为我要离开你吗？我妈说你因为思念我而夜不能寐、茶饭不思，我真不该这么做啊！"

宝林的泪珠已扑簌簌地滚落在美娟的秀发上。他没说什么，只紧紧地箍住美娟娇小的身躯。他在心中发出了男人的呼唤：来吧！美娟！我会给你一生的幸福！

美娟依在他的怀里，哭诉说："你要是真在外头带回一个女人，你叫我怎么活啊！"

"不会的，永远不会的。"

美娟闭上明眸，享受男人给予她的真爱。

◀ 错 怪

天总是晴不了。我抱怨着天气，回到座位。

咦，瞧你，真有点怨天似的。那个让我觉得有点反感的梳着小辫的丑女孩睨着眼说。

我强忍住怒火，兀自不吭声。

她趿着拖鞋不紧不慢地过来了，说，什么好看的书借我一本。

我埋着头掏了掏，说，喏，只这本。

《少女》？真蹩脚！她故意抬高声音，引得好多人回眸一瞥。

对于蹩脚的人便如此！我霍然站起，重重地将杂志甩在课桌上。

她见我怒不可遏的样子，知趣地走了。

午饭后，我回到教室，照常地摸了一下抽屉，发现那本杂志不翼而飞了。

你跟我去花园，我有话要说。我佯作镇定，作了个手势，很有绅士风度。

什么？她不解地看着我，说，去就去！

我觅了一处没人的地方。

你拿了我的杂志，怎么不跟我说一声。我本想用"偷"，出于对她的礼貌，我不能怒目相待。

你侮辱我的人格！她像被电击般，浑身的毛孔似乎都在发抖。

说不定就藏在你身上。我发现她的上衣鼓囊囊的，很有把握地说。

你胡说！你欺人！

我断定藏在你身上！

她麻利地解开上衣纽扣，有东西从上衣滑落在地上。

我俯身捡起，是一张贺卡。

她整好上衣，赶紧夺了回去。

很对不起。我怀有歉意地说。

没什么，上午我的态度是有点不好，我向你表示道歉。后天就是你的生日了，我……我祝你生日快乐！她郑重地将贺卡递过来。

谢谢！

她的明眸里盈动着泪珠。

因为我丑，更因为你自以为高尚，所以……所以你就从来没有正眼看过我！

她捂着脸跑了。我知道她内心很痛苦。

当我重新翻抽屉的时候，却摸到一张小纸条。我抽了出来。

纸条上面写着：你不在，你那本《少女》我拿走了。借两天就还。

老师。

这下，我全明白了，是老师拿走了那本杂志。

我确实错怪她了。

对不起！来到她的座位旁，我诚恳地表示了歉意。

她抬头，露出了笑脸。

我这才发现，原来她的微笑也是挺美的。

◀ 地铁情缘

那天，姚丽照常地迈进当天的最后一班地铁。

晚上乘地铁的人不像白天那样拥挤，还有位置可以坐坐。姚丽就习惯地选择她平常爱坐的那个位置。

姚丽刚刚坐定，就感觉屁股后面有什么异物。

姚丽转过身来，发现是一部半新不旧的手机。

姚丽顺手捡起那部手机，站了起来，晃了晃手上的手机，叫道："这是谁落在这里的手机呀！"

见没人反应，姚丽又重复地叫了一声。

还是没人上来认领手机，姚丽就坐回到原来的位置。

姚丽的手指不经意地碰了一下手机，手机的屏幕亮了。

姚丽发现屏幕上显示一条未读短信，出于好奇，打开了那条短信："你好，你看了这条短信，一定会非常惊讶。这部手机是我故意落在那里的。我不能百分之百地确定这部手机被你捡到，因为地铁人多眼杂，碰到一个贪小便宜的还不占为己有吗？我早有备份，事前已删掉了这部手机通讯录里所有的电话号码和储存的短信。其实，我已留意你很久了，深深地被你的容貌和气质所

第一辑 爱情滋味

吸引，你成了我眼里一道美丽的风景。你通常是下午两点左右上的地铁，晚上十点左右回的地铁。也许你没留意到我，也许你把我当成了空气，更也许你对我的形象已熟视无睹，这些都不重要，重要的是，我对你已产生了好感。我们能交个朋友吗？普通朋友也行。我还在这趟末班地铁上，你能找到我吗？"

看完短信，姚丽不由自主地站起身，希望能在人群中找到手机的主人。

姚丽的眼神显得有点茫然。

约莫一分钟过后，见没人上来跟自己搭讪，姚丽又坐回到座位。

姚丽看了看手机，再过几分钟，她就要到站点了。

此刻，焦急已经写在了姚丽的脸上。

在这紧急关头，姚丽灵光一闪，想到了一个绝好的办法。顿时，姚丽脸上现出一丝微笑。

姚丽迅速地打开那部手机，偷偷地按下了自己的手机号码，接着按了拨号键，然后又飞快地挂掉自己的手机，不让手机铃声传出来。这样，一个未接来电就显示在她的手机上了。

一会儿，姚丽忽然又想到什么，赶紧打开那部手机，将通话记录里的已拨电话删除掉。

姚丽把手机塞回到屁股后面。

临下站点时，姚丽故意高声说了句："自己的手机自己拿回去！"

姚丽下了站点，地铁重新启动。

这时，一年轻人立刻跑到姚丽刚才坐的那个位置，快速地捡起手机，塞进兜兜里。

第二天下午，姚丽上班去，同样坐那趟地铁。

姚丽悄悄地按下昨晚的那个未接来电，将自己的手机放到包包里，看周围有何反应。

姚丽等待着奇迹出现。

此时，坐在不远处的一个小伙子的手机铃声响起来了。

那个小伙子接了电话，"喂，喂"地连叫了数声，见手机那端没有反应，就摁掉了。

姚丽的脸上露出一丝不易察觉的欣喜。

十多分钟后，姚丽临下站点时，忍不住侧目瞧了一眼那个小伙子，没想到那个小伙子正含情脉脉地看着她。

姚丽赶紧转移目光，匆匆地下了站点。

刚到报社门口，姚丽的手机铃声响了。

姚丽从包里取出手机，发现是那个小伙子回电话过来了。

姚丽迟疑了一下，还是出于礼貌地接了那个电话。

小伙子："喂，你是哪位？刚才你打我电话，可能地铁里面信号不太好，我听不清就挂了，真不好意思。"

姚丽："你好，实不相瞒，我就是捡你手机的那个女孩。"

小伙子惊讶万分："啊？那你找到我了？"

姚丽："是的，我找到你了，怎么样，还行吧？"

小伙子："嗯，是挺厉害的。我就不明白，你是怎么知道我手机号码的？"

姚丽笑了："这还不简单吗？用你的手机拨打我的手机，不就明白了吗？"

小伙子："原来这样呀，真佩服！那你是愿意交我这个朋友了？"

姚丽："想不到是你呀，我们一年多前就在地铁上碰过面，不过从来没有打过一次招呼，这次你对我的表白挺含蓄的，也挺浪漫的，我昨晚细细想过了，愿意交你这个朋友。"

小伙子："那实在太好了。说真的，今天是你在下地铁时瞟了我一眼，让我起了疑心，你以前都不这样的。我再联想到那个陌生电话是不是你打来试探我的，所以我一下地铁就给你打电话，果然是这样。"

姚丽脸上洋溢着微笑："看来你不傻嘛。上班时间到了，那，晚上我们地铁见！"

小伙子："地铁见。"

晚上的最后一班地铁。

姚丽上了地铁后，小伙子站起来对她招手。姚丽走过去，和小伙子坐在一起。

小伙子："还不知道你叫什么名字呢？"

姚丽："我叫姚丽，你呢？"

小伙子："我叫吴刚。很高兴认识你一年多了。"

姚丽："我也很高兴认识你。对了，你的上下班时间怎么跟我差不多呀？"

吴刚："我是广播电台的，你呢？"

姚丽："我报社的。"

吴刚："说实话，其实我的上班时间比你迟一个小时，下班时间比你早一个小时，为了能在地铁上见到你，我延长了上班时间，坚持了这么久。"

姚丽："你挺让我感动的。"

姚丽说话时，目光正好与吴刚接上。

就在那一刻，两人都陶醉了……

此后，吴刚和姚丽经常一起乘坐地铁上下班。

有次，吴刚故意在姚丽的站点下了车。

姚丽非常惊讶："吴刚，你怎么跟着我下来了，你还没到站呢！"

吴刚笑了笑："送你到报社门口哦！"

姚丽："这几步路我会走的，你回去吧！要不然上班迟到了。"

吴刚："我比你迟一个小时上班，时间还很充裕哦！"

姚丽："我倒忘了。那行，你就送我到报社门口吧！"

吴刚和姚丽肩并肩地走在路上。

吴刚送姚丽到报社门口后，依依不舍地掉头回去。

此后，吴刚就经常送姚丽到报社门口。时间一久，两人的感情升温。

终于有一次，吴刚鼓起勇气发了一条信息。

坐在边上的姚丽收到后，她打开来看，三个字赫然入目："我爱你！"

顿时，姚丽的脸上飞满红霞。

◀ 风铃之恋

　　华和英的爱情说不上浪漫，却很温馨。他们的恋情与一个古色古香的风铃有关。

　　那时华和英还是高中的同学。在毕业典礼上，英送给了华一个精致的盒子，华想一睹为快，英告诉华回去后打开再看。华不知深意，问了英盒子里面藏着什么。英不说，脸上却溢满红霞。

　　华说，都快各奔东西了，自己却不知道送你什么好。

　　英说，那就把你的心留下吧。英说完，眼里闪着泪花。

　　那晚，华敬了英一杯红葡萄酒，平素滴酒不沾的英竟然不顾一切地喝下了。她的脸烫烫的，直红到耳根。

　　英说，希望这杯酒让她终生难忘。

　　回到家，华就迫不及待地开启了那个盒子。盒子里摆放着一只漂亮的风铃，这是英亲手编制出来的。

　　多么惹人喜爱的风铃呀！华看了又看，爱不释手。随后，华把英送他的风铃挂在了门墙上，希望每天都能看到它，并想到英。

华的手轻轻抚摸着风铃，风铃发出了一声声清脆的响声，仿佛英就站在面前跟他说话，倾诉着衷肠。

上大学后，华不能在家天天看风铃了。整整四年大学生活，华时时惦念着家中的风铃，惦念着英。

每次寒暑假回来，华第一件要做的事情就是跑去看门墙上悬挂着的风铃，风铃还是那么精致，那么漂亮。

华手捧着风铃，心里很温暖。

而此后，英也从另一所大学毕业了。

在国庆期间，英和华都参加了高中同学会。

英一见到华，眼泪就夺眶而出。

华心里明白，英还是那么深切地爱着他，他又何尝不是呢！

英更显水灵，而华更显英俊。

寒暄过后，两人开始热切地交谈，两颗心似乎已紧紧地贴在了一起。

华说，我还完好无损地保管着你送的那只风铃。

英感动地说，我心里还装着你的心。

华说，现在我有手机了可以经常联系你了。

英说，我也是，就可以很方便地跟你联络了。

两人把各自的手机号码报给了对方，脸上洋溢着幸福的笑容。

一个月后，英到华家看他，蓦然发现那只悬挂在门墙上的风铃。

华伸出臂膀揽过英，英什么也没说，偎在华的怀里深深地陶醉……

◀ 广场舞

晚上八九点钟是广场最热闹的时候，他和她慢慢地逛到了广场边上。

这个广场叫永安广场，南临南官河，北临路桥大道，东边是台州市新华书店，西边是台州市客运中心（台州客运南站），由于位置好，晚间来这里的人特别多。

走到广场里面，但见一行行整齐的队伍在跳着广场舞。她们在用快乐的舞步传播着健康哦。跳广场舞的大多是妇女，有些舞步熟练，有些舞步僵硬，更有些正在初学，跟不上音乐的节奏，但她们心无旁骛，专注于跳舞，不怕你的偷笑，尽情地享受这份闲情逸致。

他知道，不知从何时起，广场舞以摧枯拉朽之势席卷了中国的各个城市和乡村。在各地的公园、广场，甚至是一块较为空旷的地带，都可以看到一群大妈在翩翩起舞。她们舞出健康，舞出美丽，舞出人生的精彩。台州路桥的永安广场，也概莫能外了。

偌大的广场上，音乐声此起彼伏。各式的舞蹈也随着音乐而尽情地舒展。一会儿，东头的放音机里播着《最炫民族风》；一会儿，西端的扩音喇叭里嘶吼着《爱情买卖》。伴着音乐，人们时而弯腰抬手，时而扭动腰肢，时而转圈侧身，个个神情怡然自得。他和她痴痴地看着，忘记了是旁观者，竟走到外围，准备加入到她们的队伍中。

不过还好，理性告诉他，跳舞并非他所擅长的。为了不使自己出丑，爱惜自己的颜面，他止住了迈进的步伐。而她在距他两三米处，竟然舞了几下，朝他"咯咯"地笑了，感觉挺过瘾的。看来，跳广场舞也并非大妈们的专利。跳舞的大妈们着实经历了手脚不协调、节奏跟不上的尴尬，经历过怕羞被人笑的内心挣扎，最终跳出了最美丽的自己。

"我们也学着跳跳广场舞吧！"她跟他说。

"我不会跳呀，多尴尬啊。"他抗拒着说。

"你看呀，那些观看广场舞的年轻人都跃跃欲试，有些已加入到跳舞队伍当中了。"她说。

"你不也成为广场舞的拥趸者了吗？"他乐呵着说。

"呵呵，这是一种健康的生活方式哦，我也要学着跳广场舞，要跳得比大妈们还要好。"她信心满满地说。

"我们年轻，跳街舞还差不多！"他说。

"街舞太炫了，不适宜我。我喜欢这种优雅、自在、轻松的舞蹈。"她回答。

他默默点头称是。她拉了他一把，说："你个大男人的，害羞什么呀，想跳就跳呗！"

　　拗不过她，他也只好跟着她跳起了广场舞。还好有她的鼓励，他也不觉得害羞了。虽然跳舞的动作有些笨拙，但领悟力还是很好的，不一会儿，就学了一段广场舞。

　　"以后我们常常来广场跳跳舞吧。"她兴奋地说。

　　"好啊，我觉得这是健康的生活方式。现在大家生活条件好了，身心健康才是最重要的。我说得对吧？"他笑着说。

　　她含笑不语，跳得更来劲了。

　　又一支广场舞曲响起，他和她屁颠屁颠地学了起来。

◀ 姐弟恋
....

　　她和他相遇的时候，年龄差距已经很明显了——她比他整整大了十八岁！然而，这并没有成为他们之间的障碍，相反，他们的感情因此变得更加深厚。自从相识以来，他们的关系逐渐发展成一种特殊而美好的爱情。

　　她对他的照顾无微不至，既有姐姐般的关怀，也有母亲般的呵护。她总是关心他的生活琐事，嘘寒问暖，让他感受到无尽的温暖与关爱。当他遇到困难时，她会毫不犹豫地伸出援手，给予他支持和鼓励。在他需要安慰时，她会温柔地拥抱他，告诉他一切都会好起来的。

　　他们的相处方式非常和谐，充满着尊重和理解。尽管年龄相差较大，但他们之间的沟通毫无阻碍，彼此都能从对方身上学到很多东西。她教会他成熟、稳重；他则带给她年轻、活力。

　　这种独特的恋爱模式，让他们的爱情更加坚固且持久。即使外界存在诸多质疑和压力，他们依然坚守在一起，相互扶持，共同面对未来的挑战。因为他们知道，这份爱来之不易，值得用心去守护。

他也对她有依恋，就像一个孩子依恋母亲似的。面对周围人异样的眼光和闲言碎语，他们无所畏惧，坚信爱情能够战胜一切。

在一次公司的聚会上，有人对他们的关系指指点点，他忍不住和对方起了冲突。她心疼地看着他，就像一位慈爱的母亲呵护着自己的孩子一样。

那晚，他们敞开心扉，共同探讨了未来的人生路。两人聊了很久，最后决定勇敢面对一切，无视世俗的偏见，携手共度余生。

他们相拥而泣，彼此的心更加坚定。

从那以后，他们根本不在意别人的看法，而是专注于经营自己的幸福。他们一起努力工作，相互支持，生活变得越来越美好了。

在一次假期旅行中，他向她求婚了。她感动地落泪，欣然答应了他的请求。

他们举办了婚礼，婚礼简约而温馨，只邀请了亲朋好友见证他们的爱情。

婚后，她怀孕了。她属于高龄孕妇，尽管面临着生育的风险，但她勇敢地去面对，想要一个属于他们的爱情的结晶。

不久后，可爱的宝贝儿子来到了人世间，他们的脸上绽放出灿烂的笑容。

他们用实际行动证明了，真爱无惧年龄，只要心中有爱，就能创造幸福的未来。

◄ 家的温馨
·····················

　　在一栋普通的居民楼里，她和他正坐在她家的卧室里，轻声交谈着。

　　窗外灯光闪烁，仿佛是城市的眼睛注视着他们。他和她沉浸在愉快的交流氛围中。房间里的灯光柔和而温暖。

　　她的思绪渐渐飘远，回忆起他们曾经一起度过的美好时光。

　　他紧紧地握着她的手，说："不管以后发生什么，我都会一直陪在你身边。我们一起努力，迎接美好的未来。"

　　她抬起头，看着他的眼睛，感动的泪水在眼眶中打转。

　　"谢谢你。有你在我身边，我觉得很幸福。"她说。

　　这时，两人听到了敲门声。她转身擦了下眼泪，去开了门。

　　她见母亲手里端着两碗鸡子酒过来。

　　"妈，这大晚上的，您还烧了鸡子酒呀！"

　　"是呀，你们工作也忙，也累，吃了可以补补身子。"

　　她接过两碗鸡子酒，一碗递给他。

"你妈真是客气。"他夸赞道。

"我妈也真是的,都要躺床上了,还烧鸡子酒给我们吃,这吃下去难以消化不说,还不长肉吗?"

"没事的,这是你妈的好意呢。我们吃了后,可以晚一点儿睡。"

"那也只能这样了。"

他差不多吃完了,而她只吃了一个鸡蛋。

吃了鸡蛋酒的他,没了睡意。他靠在床上,等待着她洗漱完毕。

不一会儿,她穿着睡衣从卫生间里出来了。

"你也去刷牙洗脸吧!"她说道。

"好的呀。"他说着,去了卫生间。

洗漱完毕后,他躺在她那张舒适的床上,思绪却不由自主地飘远。

夜已深,她和他却毫无睡意。

她侧过身,看着身旁的他,眼中满是温柔。

"这种感觉很温馨,我很喜欢。"他深情地说。

他们的身体紧挨着彼此,感受着对方的温暖。

"明天就要上班了,真不想去啊……"她轻轻地叹了口气,声音中透露出一丝无奈。

"是啊,但我们还得努力工作呀。不过想想周末可以一起出去玩,就又有动力了呢。"

"周末我们去哪里玩好呢?要不去海边散散步、吹吹风怎么样?"

他点点头，表示赞同："好啊，我们去海边放松一下。还可以一起吃海鲜，享受美食。"

两人想象着周末美好的时光。不知不觉中，困意渐渐袭来，眼皮变得沉重起来。

"早点睡吧。明天还要早起呢！"他轻轻抚摸着她的头发。

她闭上眼睛，缩进他的怀里。

他和她相拥而眠，共同期待着即将到来的幸福周末。

◀ 姐妹花

她们是一对孪生姐妹，外貌相似，但性格迥异。姐姐温柔善良，妹妹活泼开朗。然而，命运的安排让她们同时爱上了同一个男人。这个男人名叫李阳，他英俊潇洒，才华横溢，深深吸引着这对孪生姐妹的心。姐姐知道妹妹也喜欢李阳后，内心十分纠结。她不想因为感情而伤害妹妹，但又无法控制自己对李阳的爱意。在一次偶然的机会中，姐姐发现李阳对妹妹也有着特殊的关注，这让她感到困惑和痛苦。

一天，公司组织了一场团建活动，姐妹俩和李阳都参加了。在活动中，姐姐刻意避开李阳，而妹妹则抓住机会与李阳亲近。然而，当姐姐看到李阳和妹妹在一起欢笑时，心中不禁涌起一股失落感。

就在这时，李阳主动找到了姐姐，他坦白地告诉姐姐，他其实一直对她有好感。姐姐听后，心中既惊喜又矛盾。她不知道该如何面对这份感情，也不知道该怎么跟妹妹解释。

姐姐一直默默地爱着李阳，她将自己的感情藏在心底，不敢轻易表露出来。而妹妹则不同，她勇敢地追求着李阳，毫不掩饰自己的爱意。李阳对这两个姐妹都有着特殊的感情，他无法选择其中一个，因为他不想伤害任何人。

在一次公司的聚会上，姐姐喝了酒，鼓起勇气向李阳表白了自己的心意。李阳听后感到十分惊讶，他没有想到姐姐也一直喜欢着他。妹妹在一旁看到了这一切，她的心情变得复杂起来。尽管她深爱着李阳，但她不希望看到姐姐伤心难过。

这种复杂的情感纠葛让三个人都陷入了痛苦之中。姐姐看着妹妹和李阳在一起，心中充满了失落；妹妹则觉得对不起姐姐，内心十分愧疚；而李阳也感到无比纠结，不知道该如何处理这段关系。

他们决定坦诚相待，坐下来好好谈谈。

在一次长谈之后，他们明白了彼此的心意，并做出了艰难的决定。虽然这个决定会让某个人受伤，但他们知道，只有这样才能解决问题，走出困境。于是，妹妹决定退出这段感情，她祝福姐姐和李阳能够幸福快乐。

最终，李阳接受了姐姐，两人走到了一起。

姐姐感激妹妹的理解和支持，她们之间的亲情更加深厚了。而妹妹也在这个过程中学会了成长和释怀，她相信自己会遇到更适合的人。

◀ 借女友

　　"过年前我要回家一趟，父母希望我能带个女朋友回去，让他们见个面，我想来想去，没有人选了，只有你了。你能借给我，做一回我的女朋友吗？"他请求道。

　　"只做一回吗？"她不乐意了。

　　"你扮成是我的女朋友，跟我一起回老家，应付一下我的父母。可以吗？"他把话儿挑明了。

　　"我在你心里，只是一个演员吗？"她克制住自己的情绪，让自己平静下来。

　　"你在我心里，早已生根发芽。"他拉过她的手说。

　　"既然你有这份心，我可以陪你去见你的父母。"

　　她其实心里喜欢他，他此番说的话，让她心里乐开了花。她知道这次见家长对他来说非常重要，所以她也特别紧张和兴奋。

　　他带着她来到了自己的家门口，他轻轻地敲了敲门。门开了，他的父母看到了他们，脸上立刻露出了惊喜的笑容。

"叔叔阿姨好！"她礼貌地问候道。

他的父母热情地把她迎进了屋里，并为她准备了丰盛的饭菜。

在吃饭的时候，他向父母详细地介绍了她，并告诉他们自己是如何与她相爱的。父母听着他的讲述，眼里充满了欣慰和幸福。

饭后，他带着她去了自己的房间。他拿出了一本相册，里面是他小时候的照片。她看着照片，觉得非常亲切。她知道，他是一个非常细心的人，他以后会对自己好的。

"小时候的我帅不帅气呢？"他自信地问道。

"帅呀，而现在的你，更帅了。"她回答。

"那你觉得跟我在一起有安全感吗？"

"那还用说！"

两人的手紧紧地握在了一起。

临行前，他回头看了看自己的父母，并向他们挥手告别。父母看着他和她离去的背影，眼里满是关爱。他们知道，自己的儿子找到了一个好女孩，他们也希望他和她能够一直幸福下去。

他和她手牵着手，在回去的路上。

"谢谢你，借给我一整天。"他深情地说。

她微微一笑："我也谢谢你，带给我这么美好的一天。"

外面已经下起了细雨。他撑起一把伞，把她搂在怀里。

他们一起漫步在雨中，享受着这宁静而幸福的时刻。

◀ 拒绝暧昧

    小刚最近家里的电脑安装了摄像头，可以视频聊天了，这可把他给乐坏了。

    小刚就趁老婆上班去了，跟以前单位的女同事视频聊天。

    那日老婆刚出家门，小刚就迫不及待地开启电脑，看看好友是否在线。

    真够巧的，他的好友几乎跟他同时上线，可谓是"心有灵犀一点通"。

    小刚就大方地开了视频同对方热聊了起来。除了敲击键盘，小刚还时不时地拿起话筒进行语音聊天，偶尔来几声爽朗的大笑，满足写在了脸上。

    聊着聊着，小刚就听到有人敲门的声音。

    小刚心想：老婆都加班去了，还有谁会来找他呢？早不来迟不来的，打扰了聊天的美事。

    于是，小刚不闻不问继续视频聊天。没想到那个敲门的人竟然自己开门进来了。

小刚回头一看，吓了一跳：是老婆！

他紧张地关掉了视频，不想全被老婆看在眼里。

小刚慌兮兮地问："今天你不加班了？"

老婆说："是啊，单位电话打来说不用加了。你刚才鬼鬼祟祟地在做什么？"

小刚更是沁出了冷汗，说："没做什么。见你来了，我就把网络电影关了。"

老婆听了假笑着说："怎么了，我一进来你就关掉网络电影，就不能一起分享吗？"

老婆说完就放下提包，到电脑前用鼠标点了几下。

小刚的脑袋快要炸开了——老婆发现了目标。

"你为什么要骗我呀？明明是在网络聊天，还假称在看网络电影，你太伤人心了！"老婆说着，眼圈红了，呆坐在椅子上，神情茫然。

小刚心里很是内疚，忙说："老婆，对不起啊！其实我不该对你撒谎的，我只是不想……"

"你不想让我发现你跟别人视频聊天，是吗？"老婆的声音有点颤抖。

小刚只好凑过去，双手轻轻地安放在她的肩头，示意她不要生气。

老婆却奋力推开小刚的手，带着训问的口气说："你别假惺惺的，老实说，你跟哪个小妖精在视频聊天？"

"我……我在跟以前的女同事在聊，你不信可以打个电话过去证实一下。我跟她不是你想象的那样。"小刚一本正经地说。

老婆看来仍余怒未消，埋怨地说："那你为什么非要选择视频聊天呀！你以前跟她是同个部门的，说过的话还嫌少吗？况且，你还背着我跟她私聊，像什么样子！"

小刚听了面红耳赤，弯下腰，攥过老婆的手，认真地说："老婆，你应该清楚我对你的感情，以后我再也不敢了。你就原谅我这一次，好吗？"

老婆的心总算软了下来……

◀ 无 悔

刘振宇和沈碧晨是同一个村的。刘振宇大沈碧晨一岁，两人从幼儿园开始就是同班同学，可谓青梅竹马。

小时候两家离得近，两个人经常待在一块学习。小学的时候，沈碧晨成绩很优秀，特别是语文，基本上包揽了班级的前三。除了学习成绩好，沈碧晨还特别喜欢画画，有一次竟然画了刘振宇的肖像，刘振宇要了过来，放在抽屉里，那幅画，刘振宇一直珍藏着。

从初中开始，沈碧晨一直是刘振宇学习的榜样。两人前后桌，沈碧晨就坐在刘振宇的前面。刘振宇时常凝视着沈碧晨的秀发发呆。那时沈碧晨的语文更突出了。课堂上，老师会当着学生们读沈碧晨的作文。老师读完之后，还会进行点评，赞扬之词不绝于耳。这让刘振宇有了更强的学习动力。之后，刘振宇的语文也突飞猛进。

那时，刘振宇和沈碧晨就会轮着去借阅课外书，刘振宇看完一本，就将书借给沈碧晨阅读，或者沈碧晨看完之后转借给刘振宇，两人共同学习，共同进步。有时两人会写一写对同一本书的读后感，写好后进行互改，两人的作文水平便有了质的飞跃。

中考迫在眉睫，刘振宇和沈碧晨投入到紧张的备考中。

晚自习后，刘振宇和沈碧晨一起骑自行车回家，路上两人有说有笑。

中考成绩公布，沈碧晨顺利考上了当地的重点高中，而刘振宇却名落孙山，只考上了当地的普通中专。

中考失利，整整一个下午，刘振宇把自己关在房间里，任父母怎么叫唤，就是不肯开门说话。

得知刘振宇郁郁寡欢，沈碧晨心里也不痛快。她只好写信给他，鼓励他，中考只是人生旅途一个小小的驿站，怎能将人一棍子打死呢？读着沈碧晨的来信，刘振宇心潮难平。

沈碧晨读的重点高中与刘振宇读的普通中专，两所学校离得并不远。经常能看到两人骑自行车的身影。寒来暑往，两人各自为了学业而忙碌。时间一晃就过了三年。

刘振宇中专毕业后，就在当地的派出所做了一名协警。沈碧晨不负众望，考上了大学。

刘振宇和沈碧晨就靠写信交流着彼此的心迹。两人无所不谈，大到国家局势，小到私人感情。与此同时，刘振宇参加了高等教育自学考试，为了使自己在学历上更接近沈碧晨，不至于输得太多。

沈碧晨大三那年，刘振宇禁不住思念，在沈碧晨生日前夕，带着生日礼物，去看望沈碧晨。沈碧晨很是感动。

刘振宇终于等到沈碧晨大学毕业。历经四年的大学生活，沈碧晨已是大家闺秀。

刘振宇很忙碌，晚上经常加班，跟着民警出警。

沈碧晨想去看看刘振宇，怎奈母亲盯得紧，想找个借口都不容易。

沈碧晨父亲开了家加工厂，正好缺个懂财务的人手，而沈碧晨正是财会专业毕业，正好派上用场。

加工厂是加工塑料制品的，每天也很忙碌，做财务的沈碧晨，想要挤出时间出去遛遛，是要经过父母准许的。

一日，刘振宇走到沈碧晨的家门口，伫立良久。只见沈碧晨端着一脸盆的衣服，站在三楼的阳台上，正准备晾衣服。

刘振宇喜不自禁，高声呼唤："碧晨！"

沈碧晨立马扔下衣服，手扶栏杆，向下张望。

"振宇，你来了！"

"是的，我来看你了。这些天没见到你，都快把我逼疯了。"刘振宇仰着头，高声地说。

"声音轻点，我妈听见了不好。"

"我声音轻了，你怎么听得见？"

"快跑，我妈来了。"沈碧晨瞧见母亲也正端着一脸盆的衣服走到了阳台上，着急地说。

刘振宇反应还真快，撒开双腿百米冲刺。

"碧晨，你在跟谁说话呢？"母亲疑惑地问。

"妈，好久没唱歌了，我练练嗓子呢！"沈碧晨别过脸，俯身去拾掉落在地上的衣服。直起身时，一脸的红晕写在了脸上。

母亲看在眼里，询问："是不是刘振宇那臭小子来过了？"

"妈，没有啊，哪有这回事！您在家，他怎么敢来呀！"沈碧晨慌里慌张地回答。

"不老实，脸都红成这样了，还说没有。好个刘振宇，下次别被我撞见，要是被我撞见，我打断他的腿！"母亲恨恨地说。

"妈，振宇他没招惹您，您就不能对他客气点吗？"沈碧晨为刘振宇辩护。

"呦，还叫得这么亲呀！碧晨，这刘振宇到底有哪儿好的，把你的魂儿都勾走了！"母亲愤愤不平。

沈碧晨不再争辩下去，默默地晾好衣服，端着空脸盆怀着心事进了房间。

这次没被逮住，刘振宇舒了口气。

母亲见他气喘吁吁的样子，不明就里，问："振宇，瞧你上气不接下气，干吗去了？"

"跑步锻炼身体呗！"刘振宇撒了个谎。

"胡说，你要是真去跑步呀，太阳打西边出来了！"

在母亲眼里，刘振宇从来没有跑过步。

"妈，从明天开始，我要开始锻炼身体。我还真跑给你看呢！"刘振宇无比肯定地回答。

母亲见刘振宇回答得如此认真，也就不说什么了。

刘振宇有自己的想法，跑步是真，见沈碧晨也是真。为见沈碧晨而跑步，顺便还能健身，这两全其美的事儿，怎能错过？这样也就没人怀疑他了吧！

一个多月后，沈碧晨违背母亲的意志，从家里溜了出来，来到刘振宇的家。

刘家面对突然造访的沈碧晨，惊讶之余面露欣喜。他们认为，沈家闺女能看得上刘振宇，那是刘振宇这辈子修来的福气啊！

这一夜，沈碧晨没有回家。

沈碧晨用自己的实际行动捍卫了自己的爱情。

◀ 大桥上的爱恋

　　他们都是地地道道的宁波人。

　　天公作美，他们都开车上了跨海大桥。凑巧的是，他们开车的位置是一前一后，他开在前面，她开在后面。他们开到桥中央的时候，竟不约而同地靠边停了下来，而后钻出车门，倚着栏杆看起了雄伟壮观的风景。只见 200 多米高的 A 型斜拉桥塔耸立着，两边的钢索对称排列，非常美丽。

　　面对此景，他才想起自己忘带单反相机了，手机拍摄的效果不是很好。而她，却拿着单反相机接连拍了好几张。

　　"美女你好，我忘带单反相机了，你能不能给我照个相？"他斗胆地过去问，脸上挂着微笑。

　　她莞尔一笑，说："可以呀，你站好了。"

　　他说了声"谢谢"，左手倚在栏杆上，右手摆了个"V"字的造型。

　　她按下快门，连拍了两张。"你也帮我拍几张吧。"她把单反相机递给他。

"也是这个位置吗？"他笑着问。

"嗯。你选的这个位置不错。"她说着，也摆起了各种造型。

"多给你拍几张吧，我拍照技术不行的。"他谦虚地说着，又多按了几下快门。

当他将单反相机交到她手上时，他忍不住多瞧了几眼她。他忽然有种怦然心动的感觉。

"那……你给我拍的照片，怎么交给我？"他有点紧张。

"那还不简单吗！你记住我的微信号，到时加我，我把照片传给你就是了。"她报出微信号码，他拿着手机认真地存了下来。

就这样，他们在微信上有了更多的交流。他们也知道了对方的名字，他叫杜，她叫鹃，两人合起来叫"杜鹃"，难道真的是天作之合？

他们约定一起重游跨海大桥。这一次，杜开车，鹃坐在副驾驶室。两人打开车窗，任海风吹拂在脸上。汽车前行过程中，跨海大桥上栏杆的颜色也在不断变化，从最初的粉红色，变成橙色，然后是黄、绿、靛、蓝，最后是紫罗兰色，栏杆上的彩漆在阳光的照耀下熠熠生辉，令人赏心悦目。他们从南端的宁波慈溪，开到北端的嘉兴海盐；又从嘉兴海盐开回到宁波慈溪，着实浪漫了一把。

一年后，他们来到跨海大桥的海中平台。海中平台犹如碧波中盛开的莲花。平台足有两个足球场面积，是一个海中交通服务的救援平台，同时也是一个绝佳的旅游观光台。这一次，他们是来拍婚纱照外景的。他们一起登上了平台上高高的观光塔，一览大桥的雄姿，俯瞰波涛滚滚的大海，饱览了整个海上风光。在那里，他们留下了靓丽的合影。

随后，杜单膝跪地，给鹃戴上了漂亮的钻戒，并给了鹃一个深情的拥抱。

◀ 教师之恋

　　他与她原本生活在各自的世界里，彼此毫无交集。然而，命运总是充满了奇妙的安排，让这两个看似毫不相干的人因为一份对教育事业的执着与热爱，走到了一起。

　　那天，他怀揣着一颗对知识传播的热忱之心，走进了那间宽敞明亮的教室。当他踏入门槛的瞬间，目光不由自主地被一个安静坐在窗边的女子所吸引。只见她身着一条简约而不失优雅的白色连衣裙，宛如一朵盛开在清晨微风中的百合。那头乌黑亮丽的长发如同瀑布一般，柔顺地垂落至纤细的腰间。她微微侧着头，望着窗外的景色，阳光恰到好处地勾勒出她精致的侧脸轮廓，美丽而又动人，仿佛一幅出自大师之手的油画。

　　此时，教室里正回荡着专家激情洋溢的演讲声。他和她都全神贯注地聆听着每一个字，生怕错过任何一点重要的信息。他们时而微微点头表示赞同，时而低头迅速地记录下关键的知识点和独到的见解。在这个专注学习的氛围中，时间悄然流逝。

偶尔，当他抬起头来思考问题的时候，视线恰好与她的目光交汇在一起。那一刻，仿佛有一道电流穿过他们的身体，心中不禁泛起一丝丝不易察觉的涟漪。但很快，他们便羞涩地移开了目光，继续投入到紧张的学习之中。

　　课间休息的铃声终于响起，打破了教室里原有的宁静。他犹豫了一下，最终鼓起勇气走向她。

　　几句简单的问候之后，他们自然而然地展开了一场关于教育的深入探讨。从先进的教育理念到实用的学生管理方法，从经典的文学作品到崇高的人生理想，话题源源不断地涌现出来。令他们惊喜的是，尽管来自不同的背景，但对于这些问题，他们竟然拥有如此之多的共同看法和相似见解。

　　自那日起，不论是课后的教学研讨会议，还是丰富多彩的业余活动现场，人们总能看到他们并肩而行、谈笑风生的身影。

　　在日复一日的相处中，爱情的种子悄无声息地在他们心间生根发芽。

◀ 老夫与少妻

　　他今年已经四十多岁了，而她才二十出头，两个人年龄相差整整二十岁！如果按照正常的辈分来算，他都可以当她的父亲了。然而，她却对他产生了一种特殊的情感，这种情感被称为"恋父情结"。尽管遭到了家人的强烈反对和阻挠，但她仍然不顾一切地选择了和他在一起。

　　她知道自己的决定可能会引起很多争议和困难，但她无法抗拒内心深处对他的那份特殊感情。每当她看到他成熟稳重的面容、温柔体贴的举止以及对生活的深刻理解时，心中便涌起一股难以言喻的温暖和安全感。

　　在他们相处的日子里，他给予了她无微不至的关怀和照顾，让她感受到了从未有过的幸福和满足。他像一个父亲一样呵护着她，包容着她的任性和小脾气，同时也教会了她许多人生道理和处世之道。

　　她也开始意识到他们之间的差距和问题。他的工作繁忙，经常加班到很晚，而她则渴望更多的陪伴和交流。他们的生活方式和价值观也存在着一些差异，这使得他们在日常相处中偶尔会产生矛盾和冲突。

她逐渐感到困惑和迷茫，不知道该如何应对这些问题。她开始思考他们的未来，是否真的能够长久地走下去。同时，她也担心外界的眼光和评价，害怕别人对他们的关系指指点点。

在一次激烈的争吵之后，她决定暂时离开他，给彼此一些空间和时间去冷静思考。

这段离开的日子里，她努力调整自己的心态，重新审视自己的感情。她明白，爱情不仅仅是依赖和索取，更是相互理解和支持。

她决定主动与他沟通，分享自己的想法和感受。

他们找了一家安静的咖啡馆，坐下来坦诚相待。

她告诉他自己对于陪伴和交流的渴望，也倾听了他工作的压力和烦恼。通过这次深入的对话，他们更加了解彼此的需求和期望。

他意识到自己在工作和生活之间需要找到更好的平衡，于是尽量减少加班，抽出更多时间陪她。她也学会了理解和支持他的事业，不再轻易发脾气。

随着彼此的改变和成长，他们的关系变得更加稳固和甜蜜。尽管外界仍有质疑的声音，但他们不再在意别人的看法，只专注于彼此的幸福。

他们携手走进了婚姻的殿堂，用实际行动证明了他们的爱情经得起考验。

◀ 冷战之后

他和她冷战了整整一个星期，两人之间仿佛竖起了一道无形的高墙。他们不再像以前那样亲密无间，而是默默地坐在同一个房间里，彼此沉默不语。

每天早晨醒来，他们各自忙碌着自己的生活，似乎忘记了对方的存在。夜晚，他们躺在床上，背对着背，没有任何交流。这样的日子持续了一周，他们都感到疲惫不堪，但谁也不愿先开口打破僵局。

终于有一天晚上，当他回到家时，发现她正坐在沙发上，一脸忧愁地看着电视。他犹豫了一下，走到她身边坐下。她转过头来，眼神中流露出一丝惊讶。

"我们不能再这样下去了。"他轻声说道。

她点点头，眼中闪过一丝泪光。

"我知道……但是我不知道该怎么办。"

"也许我们需要坐下来好好谈谈。"他提议道。

于是，他们开始了一场漫长而深入的对话。他们坦诚地表达了自己的感受，分享了彼此的担忧和困惑。他们像是两个久别重逢的老友一般，将心中的话一股脑儿地倾诉出来。

他们谈论着过去的经历、未来的梦想以及对生活的种种看法。他们互相倾听对方的心事，感受着彼此内心深处的情感。

在这个过程中，他们逐渐发现彼此之间有着许多共情之处。他们都曾经历过挫折和困难，但始终保持着积极向上的心态；他们都有着远大的理想和目标，努力追求着更好的生活。

这场对话让他们对彼此有了更深刻的了解，也让他们的心灵得到了一次洗礼。他们意识到，两人应该坦诚相待，分享彼此的喜怒哀乐。

在交流的过程中，他们逐渐理解了对方的立场，也意识到自己的错误。

最终，他们放下矛盾，重新建立起信任。

从那一天起，他们学会了更好地沟通和包容，再也不会让冷战成为他们关系中的绊脚石。

油菜花开

◀ 理　解

　　元旦前，阿彬精挑细选，买了一张特别精美的新年贺卡。阿彬决定送给敬爱的小芹老师。阿彬会登门造访，给小芹老师一个意外的惊喜。

　　阿彬提笔思索很长时间，才在贺卡上落笔写道："小芹老师，感谢您这两年来对我的关心与呵护。值此新年到来之际，向您致以新年良好的祝愿，并道一声'老师，您辛苦了'！"写好后，阿彬署上姓名和日期，反复地看了几遍后，才满意地关上贺卡。

　　元旦那天，阿彬来到教师公寓，轻轻地叩门，随即听到里面应了一声——那是小芹老师熟稔的声音。

　　门开了。

　　"是你呀！稀客！快，快进来坐坐！"小芹老师见阿彬到来，很热情地邀阿彬进来。

　　阿彬扫视了小芹老师的房间，整洁、漂亮。

　　小芹老师为阿彬泡了一杯茶。

阿彬受宠若惊。

"老师，元旦快乐！"说着，阿彬从衣兜里取出精美的贺卡，双手恭敬地奉上。

小芹老师非常高兴。这是学生对老师的敬重。

"谢谢，真的很谢谢你！"小芹老师小心翼翼地启开贺卡，几行挺拔刚劲的文字顿时映入她的眼帘。

小芹老师禁不住赞道："好漂亮的字啊！"

"谢谢老师夸奖。"

阿彬听到有人在敲门。

"老师，有人在敲门。"阿彬提醒了一下小芹老师。

"是他过来了！"

"他是谁呀？"阿彬初步猜测是小芹老师的男朋友。

小芹老师起身去开门。

一个男子进来了。阿彬定了定神：他不就是历史系的昭明老师吗？虽然他不是他的老师，但起码阿彬认得他。

阿彬赶紧上前一步，打了声招呼："昭明老师好！"

昭明老师根本不理睬阿彬，令阿彬好生尴尬。

小芹老师见此情景，作了一个介绍的手势，说："昭明，他就是……"

"我认得，不就是那个会写几句臭诗的小流氓吗？"

昭明老师对阿彬的态度极度轻蔑。

"他是我的学生，你怎么能这么辱没他？他好歹也品学兼优，你应该尊重他！"

昭明老师突然一声冷笑，更以鄙夷的神情看着阿彬："此人品学兼优？笑话！你们在房间里，搞什么名堂？"

小芹老师听了满脸通红，既羞又怒。她冲着昭明老师叫："你快向他赔礼道歉！"

"我赔礼道歉？你还要脸不要脸？"说时，昭明老师发现了阿彬送给小芹老师的元旦贺卡，一把将其夺过，像哥伦布发现新大陆似的认真地看了起来。

小芹老师已气得无话可说。阿彬僵立着不知所措。

"这是他送我的新年贺卡，你把它还给我！"

最不想看到的一幕发生了：昭明老师三下五除二，气急败坏地将贺卡撕成了四小截，然后往茶几上一扔，喷出一句话："还给你！"

小芹老师真的生气了，她气嘟嘟地对着昭明老师叫："你，你为什么要这么做？你疯了！"

昭明老师打开公文包翻找着，一会儿工夫，就翻出了一页稿纸，阿彬定神一看，那不就是他创作的诗歌吗？

昭明老师更加嚣张："小小年纪，就写情诗了，我要到学生处告发。"

小芹老师气得无语。

阿彬向昭明老师解释："昭明老师，您误会我了，我可以向您保证，我没有做什么对不起小芹老师的事儿，请您一定得相信我！"

但是，很遗憾，昭明老师对阿彬态度冷漠。

"昭明,你真的不可理喻!"小芹老师话语里渗透着失望,"你现在向他道歉,也许我还可以原谅你!你撕了阿彬的贺卡,你知道这是什么行为吗?这比流氓还要流氓!"小芹老师满含热泪。

"老师,没事的,我还可以再给您写张贺卡!"阿彬低声说,害怕昭明老师会揍扁他。

昭明老师把阿彬当成眼中钉肉中刺。阿彬感到了恐惧。

昭明老师并不罢休,他食指戳着阿彬叫嚷:"你有种今晚就睡这儿啊!明天我就叫学院领导把你的学籍开除了!"

"你给我出去,出去!"小芹老师不知哪来的劲儿,连推带拉,几下就把昭明老师推向了门外。随后只听"咣当"一声响,门被关上了。

小芹老师面无表情地坐在床沿。她已泪水涟涟。

"老师,您别难过!"看着小芹老师如此伤心的样子,阿彬心里也极不好受。

"他变了,变得不可理喻,变得好陌生、好可怕……"

"老师,您别哭了!"阿彬鼻子酸酸的,也有流泪的冲动。

就在阿彬刚说完这句话时,小芹老师哭得更厉害了。

"我以后可能再也不会在这儿教学了!"小芹老师抬起那双哭得红肿的泪眼,激动地说。

"为什么?您不是在这儿教得好好的吗,何必这么做呢?"阿彬想挽留住小芹老师,不想让她离开这所学院,否则他就少了一个好老师了。

"这里是伤心地。"小芹老师泪眼婆娑。

"老师，其实昭明老师挺在乎你的。虽然小心眼十足，但看得出来，他很爱你。您不要对他失去信心。如果你们能够相互理解和包容，矛盾就能解决了。"阿彬宽慰着说。

"你回去吧，好好复习功课。"

"老师，那我走了！"阿彬站起来转身就走。

"等等……"小芹老师叫住阿彬，说，"那张贺卡碎了，你再给我写一张，好吗？"

阿彬点点头，欣喜地看到小芹老师对他露出灿烂的笑容。

过了两天。

小芹老师开心地告诉阿彬："昭明向我求情了，我心软，原谅他了！"

"好呀！"阿彬替小芹老师高兴。

"我们决定春节后结婚！"小芹老师开心极了。

"老师，我衷心祝福你们白头偕老、永浴爱河！"

"谢谢！"

小芹老师脸上洋溢着幸福。

◀ 轮椅上的爱

命运总是喜欢开玩笑，一场突如其来的车祸让原本充满活力的她与轮椅为伴。

这场意外不仅夺走了她的行动能力，更让她的生活陷入了无尽的黑暗之中。她觉得自己的人生彻底毁了，每天都沉浸在绝望和自怨自艾中。

然而，就在她最无助的时候，一个男人走进了她的生活。他是她的康复医生，他用温暖和耐心慢慢治愈了她内心的创伤。

"你要坚强起来，没有任何的苦难能够将你击垮！"他经常鼓励她。

她感到很温暖。她好像看到了一束温暖的阳光照在了她的心田。

在他的鼓励之下，她逐渐重新振作起来，开始积极面对生活。

尽管康复的过程漫长而艰辛，也可能一辈子在轮椅上度过，但她在他的关怀之下，没有放弃康复训练。

在那之后，他就抽空过来陪她做康复训练。她和他之间的关系也渐渐发生了微妙的变化。

他们一起经历了许多困难，彼此的感情也越来越深。尽管他的家人极力反对，但他仍然毫不犹豫地选择和她在一起，用自己的爱去温暖她那颗破碎的心。

她的情绪经常很糟糕，他看在眼里，疼在心里。

他决定带着她出去旅行，让她放松心情。在旅途中，他为她推着轮椅，毫无顾忌地走在大街小巷。他们欣赏了美丽的风景，品尝了各地的美食，也感受了不同的文化。

通过旅行，她重新找回了自信和勇气。

经过长时间的康复训练，她的腿勉强能够站起来，她又看到了人生的希望。

终于有一天，她摆脱了轮椅，重新站了起来。

那一刻，她激动得泪流满面，他也在一旁为她鼓掌喝彩。

"谢谢你一直不离不弃地陪伴着我。没有你的陪伴，也就没有今天还能奇迹般站起来的我！"她激动地拥抱了他。

此刻的他，早已哽咽得说不出话儿来了。

◀ 油菜花开

　　阳光正好，微风不燥，他满心欢喜地带着她来到了那片一望无际的油菜花田。远远望去，金黄的油菜花如同一片金色的海洋，波澜壮阔，美不胜收。

　　他们手牵着手，缓缓走进这片花海之中。脚下的土地松软而温暖。油菜花高过了他们的膝盖，轻轻摇曳着身姿，像是在欢迎这对甜蜜的恋人。

　　她情不自禁地闭上眼睛，深吸一口气，感受着空气中弥漫的花香和清新的气息。睁开眼睛时，眼中满是欣喜和陶醉。他温柔地看着她，嘴角挂着一抹宠溺的微笑。

　　"我们在这里合张影吧！"他提议道。她欣然应允，然后站到花丛前，摆好了一个可爱的姿势。他则拿起相机，调整好角度，按下快门，将这美好的瞬间定格下来。

　　照片中的他们被金黄色的油菜花簇拥着，笑容灿烂如花。那一刻，他们仿佛与这片花海融为一体，成为春天里最美的风景。

置身于这样美丽的景色中，他们的心情变得无比舒畅。所有的烦恼都抛诸脑后，只留下彼此间浓浓的爱意和对生活的美好向往。

"这里真是太美了，谢谢你带我来。"她转身抱住他，轻声说道。

他轻轻拍了拍她的背："只要你喜欢就好。以后我们还可以一起去更多更美的地方。"

她抬起头，看着他的眼睛："真的吗？你会一直陪在我身边吗？"

他用力地点点头："当然，我会一直陪着你，直到永远。"

她笑了，笑得很幸福。

"那就让我们一起创造更多美好的回忆吧。"

他们相拥着，享受着这片刻的宁静和温馨。在这片花海中，他们许下了对未来的承诺，也更加坚定了彼此的心意。

太阳逐渐西斜，天边泛起了绚丽的晚霞。他们手牵着手，离开了油菜花田，踏上了回家的路。尽管未来有许多的不确定因素，但他们的心中充满了希望。

第二年，春来人间，大地复苏。

田野间的油菜花竞相绽放。金黄色的花瓣紧密地挨在一起，形成了一片连绵不断的金色地毯。

在这片油菜花海里，他单膝跪地，向她求婚。

她接受了他的爱。

两人幸福地拥抱在一起。

◀ 有家的男人

李有为自从成家立业后，玩性依然不改。

从小学到现在，李有为和张顺利的关系特别铁。李有为宁愿将老婆晾在家里，也要带上张顺利去酒吧潇洒。

"有为，出来跟老婆说过吗？"张顺利问道。

"出来玩也要向老婆汇报呀！你也太落伍了。"李有为笑着说，"穷酸秀才，这就是你一直找不到对象的原因了。"

来到酒吧后，两人将手机调成了静音状态。

没过多久，程盈盈打电话给李有为，发觉李有为的手机无人接听，她又一连拨了好几个，仍是这种情况。程盈盈顿感不妙，她想到了张顺利。她又给张顺利拨电话，没想到张顺利的手机也是无人接听。怎么会这么巧呢？程盈盈猜想到两人一定去花天酒地或是寻欢作乐了。她一气之下，将手机扔在了沙发上。

酒吧里太嘈杂。

"真要命，打了我十来个电话！"李有为翻开手机，吓出一身冷汗。

"有为，这事不能全怪你，我也静音了。"张顺利也有三个未接来电。

"怎么解释？"李有为焦急地问。

"还是让我跟盈盈解释吧，起码，她信得过我。"张顺利回答。

"你要跟她实话实说吗？"李有为皱了下眉头。

"我们又没有偷鸡摸狗，实话实说不行吗？"张顺利倒是很坦然。

"不行啊，在盈盈眼里，酒吧就是肮脏的地方，她准是认为我去泡妞了。得换个别的说法。"

"那能怎么说，说我们去喝茶了？没那么高雅。说我们去逛街了？没那么离谱。说我们去看电影了？好像从来没一起看过。"张顺利说时，也觉得很好笑。

"就说我们去谈生意了，手机调成静音模式，没有听到来电。"李有为脑子转得蛮快的。

"你谈生意会带上我？"张顺利很是不解。

"你就说自己很快就要成为我的合伙人了，我带你出来谈生意，是为了锻炼锻炼。"李有为顺水推舟。

"不行啊，我没想成为你的合伙人啊！这不是欺骗吗？"张顺利直摇头。

"演戏，不懂吗？过了今天，盈盈早就忘得一干二净了。相信我，这出戏肯定天衣无缝。"李有为说着，拍了拍张顺利的肩膀，鼓动他演下去。

"这事不靠谱啊！"张顺利似在踌躇。

"哥们义气，懂不？不帮也得帮。"李有为坚决地说。

"好吧，下不为例。"张顺利叹了口气，"真是做贼心虚啊！"

张顺利拨通了程盈盈的手机号码。

"盈盈，我跟有为在一起，你放心。"张顺利努力调整好自己的状态。

"哦，你们在哪玩呢？怎么都不接我的电话呢？"程盈盈要问个究竟。

"是这样的，盈盈，我要做有为的合伙人了，有为就带我出来谈生意，给我锻炼的机会。为了不影响谈生意，我们都把手机调成静音模式了，所以没听到你的来电，不好意思啊。"张顺利极力克制着紧张的说话状态。

"哦，原来这样啊，怪不得电话都没人接听。有为在边上吗？我要听到他的声音。"程盈盈谨慎地说。

张顺利将手机递给李有为。

"喂，老婆呀，我在谈生意，没听到你的来电，怕你起疑，我只好让顺利跟你解释了。"李有为显得很淡定。

"嗯，知道了，那你早点回来哦！"程盈盈这下放心了。

挂下电话，李有为舒了口气。

"有为，你欺骗了盈盈，不感到有一丝内疚吗？"张顺利为程盈盈打抱不平。

"我说顺利啊，你可是我哥们啊！"

"我只是为了你们好。要想夫妻关系和谐，必须相互信任、相互理解、相互尊重。"张顺利苦口婆心地说。

"没结过婚的，比我结了婚的还有经验啊！顺利啊，你不要老是纸上谈兵了！"李有为的口气里带点嘲讽的意味。

从酒吧出来，张顺利坐上李有为的保时捷卡宴。两年前，李有为就将奔驰换成卡宴了，奔驰车留给程盈盈开了。

"有为，如果盈盈心情不好，说了你几句，千万不要动怒，忍着点。女人是拿来宠的，知道吗？"张顺利吩咐道。

"顺利啊，你也别在我面前装作救世主的样子，你看看你现在还单着，我都没说你，你好意思说我啊！"李有为很是不屑。

说着，李有为将车开进了小区的地下停车场。

两人乘电梯上到李有为所在的楼层。

李有为开了门，程盈盈正坐在客厅的沙发上看电视。

程盈盈见到李有为，气不过："你以为我这么容易受骗吗？"

"盈盈，我跟你解释一下，真实情况是，我和有为去了酒吧。"张顺利如实说道。

"我知道了。"程盈盈瞟了一眼李有为，说，"有为，今天的事情我就不计较了，以后你跟顺利在外面玩，跟我说下就行。"

李有为觉得程盈盈还挺通情达理的，说："盈盈，我知道错了。"

"这就对了。夫妻之间就要沟通、坦诚，不能欺骗。"张顺利语重心长地说。

李有为惭愧地低下了头。

◀ 月亮的梦想

我已 30 岁了，叫程悦，小名月亮。我连男朋友都没找到，是名副其实的大龄剩女。

我是个催乳师。催乳、通乳、回乳这些技术活儿，我已经练得炉火纯青了。

我很忙，忙得有了上顿没下顿，忙得半夜三更被人叫去催乳或通乳。

我经常拖着一身疲惫的身躯回到家。

和往常一样，我给自己做了晚饭，犒劳一下自己。女人嘛，就应该格外地爱惜自己，特别是在还没有男人的岁月里，更要懂得珍爱自己。

吃好晚饭，我靠在了沙发上，开了电视，不停地换着台，都是一些广告，觉得实在无趣，就关了电视，顺手捡起茶几上的一本当月杂志，慢慢地细读。

手机铃声响起。我接到一个女人的电话，是小姨婆。

小姨婆给我介绍的是李家的那个光棍，40岁。这么一个大龄男，没结婚，我一度怀疑他生理上有问题。

那个男的叫阿波。人又胖又傻，绰号"猪头"。他整天沉迷于微电影，拍过一些纪录片，得过一些奖，小有名气。可这些能当饭吃吗？

具体这些情况，是阿波的表妹告诉我的。阿波的表妹，我又是怎么认识的？原因很简单，她找过我催乳。这之后，我竟然阴差阳错地跟阿波的表妹成为好朋友。一些关于阿波的情况，都是从他表妹那里听到的。所以，一提到阿波，我的耳朵都快要生茧了。

老妈告诉我，人家阿波在城区注册了一家文化公司，拍什么微电影的，可牛了！我不屑地回答，空壳公司，早晓得了。

老妈说，这相亲相定了！

天呐！老妈这是赶鸭子上架啊！我是个孝顺的乖乖女，老妈的话我现在要违抗吗？好像也违抗不了呀！

第二天，我就开着吉利熊猫把小姨婆接过来，再带上老妈，开车去往阿波家。

阿波的母亲见我们来了，热情地接待。

我礼貌地叫了声阿姨。

阿波母亲给我们每人沏了一杯西洋参茶。

我说了声谢，既焦急又紧张地等待着阿波的到来。

阿波停好奥迪，匆匆地进来了。

阿波喘着气：阿姨，月亮，让你们久等了！

瞧他这体能，才走几步路呀，就上气不接下气的。这么胖，身体真不咋地，怪不得没有姑娘要他。

阿波告诉我，他一直忙于事业，耽误了终身大事。

我听了很是不屑。

阿波说：见过你一面。

我有点惊讶：见过一面？不记得了。

阿波说：在你毕业的晚会上。你们学校请来了摄影师拍摄整场晚会，我就是那个摄影师。

我说：当时我还在台上表演了一个节目。

阿波说：是的，你表演得很出色。那张光盘我多刻了一份，到现在还保存着呢！

我有点不解：不就是一场毕业晚会吗？你至于保存那张光盘吗？

阿波有点紧张：那是我的成果，对于成果，我当然要保存了。

我嫣然一笑：不会是因为我吧？

阿波更是紧张得不行：不是的，不是的……

我乐了：看把你紧张成这样，我是开玩笑的。

阿波认真地说：月亮，当年我 34 岁，对 24 岁的你确实很欣赏，就有了私心，刻了光盘。

我抿嘴而笑：阿波，别自作多情了。我们，没戏！

阿波脸上掩饰不住失落，小心翼翼地说：月亮，我可以和你交朋友吗？

看着阿波可怜兮兮的样子，我心一酸：可以。

阿波脸上掠过欣喜：谢谢你，月亮！

相亲结束，回来的路上，老妈问我：月亮，阿波怎么样？

我说：不就是开辆奥迪吗？有什么了不起的。

老妈说：那你把熊猫换了，开奥迪给我看看。

我很不服气：我以后一定行。

老妈说：做梦吧！你的梦想比天还大，难呐！晓得女人一辈子图什么吗？不就是老公和孩子吗？找阿波嫁了，你这辈子就不用愁了。

我解释：妈，我跟他差 10 岁，都可以叫他叔叔了。再说，他又长得那么胖，像猪一样，哪个女孩子受得了？

这时，小姨婆开口了：人好就行。听别人讲，阿波这人 40 岁了还没谈过恋爱，人老实，心特别善，还帮助过很多人。

小姨婆这么一说，触及我心底的柔软。

我本来以为自己和这个又胖又老的男人没了交集，没想到他居然约我吃饭，那就去吧。

那天，我故意穿得很随意。

阿波说：月亮，你这样穿得自然。

看来，在他眼里，横竖都是好的。

吃饭间隙，阿波告诉我，他的纪录片要参加省里的比赛了。

这一刻，我真的很佩服阿波的才华。

阿波说：月亮，要不，我也给你拍一部纪录片吧！

我说：我有什么好拍的？

阿波说：你是催乳师呀，每个职业都有它的闪光点呢！

我说：你知道我的梦想是什么吗？

阿波问：是什么？

我回答：找个好男人，把自己嫁出去！

阿波说：月亮，你的梦想很平凡，也是每个女人的梦想。

我和阿波聊着聊着，感觉有聊不完的话。冥冥之中，我觉得这个大叔级别的又胖又憨的男人会和我产生某种交集。

在这之后，阿波经常找我聊天，他再次提出给我拍纪录片，我答应了他。

也许是女为悦己者容吧，我对阿波竟然产生了好感和依赖，好像他一天不跟我说说话，我的安全感就会大打折扣似的。

一个月后，阿波给我拍摄的纪录片大功告成了。

我可是他的第一个观众。看完纪录片，我感动得热泪盈眶。

我生日那天，阿波把纪录片刻在光盘里，送给了我。

阿波深情地说：月亮，生日快乐！

我接过光盘，投进了阿波的怀抱。

阿波帮我实现了全天下女人都有的梦想。

◀ 照　顾
．．．．．．．．．．．．

她感冒了。

"你帮我量个体温吧！"她指了指小药箱，"体温仪就在药箱里。"

他打开药箱，取出体温仪。

泪水从她的眼角滑落。

细心的他见状，伸手过去，用拇指擦拭着她眼角的泪水。

"别哭。看你哭，我心里也难受。"他安慰着她。

她侧过身，不想让他看到她流泪的样子。

"你真发烧了，要去医院看看吗？"他关切地问，

"再看看吧！你能抱我到床上吗？"

他点点头，一把将靠在沙发上的她抱了起来，将她轻轻地放在床上。

"你帮我把毛巾用热水浸湿，再拧干。"她吩咐道。

"好的。"他赶忙去卫浴间，照着她的吩咐，拿来了拧干的

热毛巾。

"然后呢？"

"帮我用热毛巾擦一下背。"

"啊？"他有些为难。

"来吧！我都不害臊你害臊什么！"她说着，趴在床上，将外衣往上翻，并解开了内衣的扣子。

他也就顾不得多想，热毛巾敷在了她的背上，手掌盖在毛巾上面，用力擦拭着。

"好了。"她翻过身来，接过他手中的毛巾，"我自己来。你转过身去，不许看。"

他乖乖地转过身去。

她用毛巾擦拭了一下肚子和胸部。

"好了。你把毛巾放回卫生间吧！"

他这才转回身子。她白嫩光滑的肚皮和那小巧玲珑的肚脐眼还露在外面。他直接看傻了。

她下意识地遮挡了一下，娇羞着说："没看够吗？"

他这才回过神来，接过她递来的毛巾，但脑子里还在回想着刚才的一幕。

挂好了毛巾，他从卫生间出来。

"你好好休息，我就坐在你边上。"

"你去把药箱里的退热贴拿来，顺便给我泡杯感冒冲剂吧！"

"我知道了。"说完，他急忙打开药箱翻找退热贴。找到后，便送到了她的卧室。随后，他又去泡感冒冲剂，将泡好的感冒冲剂端到她面前。

"还有点儿烫，我帮你吹吹。"他嘴对着杯沿使劲地吹气。

她看了忍俊不禁："你也不讲讲卫生，你嘴里的飞沫都掉到杯子里面去了！"

"那怎么弄才好？"

"你可以拿两口碗，来回地倒，很快就不烫了。"她支招。

"我马上拿碗来！"

她这招挺管用的，水温一下子就不烫了。

喝完感冒冲剂的她，感动地说："要不是有你照顾着，我一个人真的太难了。"

"现在觉得怎么样？"

"没这么快见效。就是觉得身体冷。你能抱我一下吗？"她可怜兮兮地说。

他躺下来，伸手环抱着裹着被子的她。

"你也钻被窝里来呀！"她纠正道。

他照她的意思，钻进了被窝。

"这样抱着你，暖和了吧？"

她没回答，闻着他身上的男儿气味，如痴如醉。

她把头埋在他的胸口。虽然感冒有点鼻塞，但她反而觉得连窒息都是美妙的。

他被她紧紧地抱着，仿佛她要把他揉进她的身体里一样。

"你说几句好听的话吧！"她喃喃着。

"昨晚我梦见和你步入婚姻的殿堂，手牵着手呢。"他想到了梦境。

"真的吗？"她的眼中闪烁着泪光，"这个梦能实现吗？"

"事在人为吧！"他坚定地回应。

听了这话，她满足地睡着了。

她犹如睡美人般安静地躺着，呼吸均匀而深沉。她有着美丽俊俏的脸蛋，脸上的皮肤如同丝绸般光滑细腻，白里微微泛着红晕。她的嘴唇小巧可爱，可能因为鼻塞，嘴唇没有紧闭，吹气如兰。

这样的场景，即便让他待上半天，他也乐意。

两个小时后，他斗胆地伸手轻抚着她的脸蛋，嫩滑而有弹性，触感真好。

她醒了过来。她意识到他在摸她的脸，便抓住他的手贴在自己的脸上不放了。

"我不是故意的。"他辩解。

"你凑过来，我也想摸一下你的脸。"她不肯罢休了。

他只好凑过脸去。他知道，自己犯错在先，随她怎么摸，他都无话可说。

她双手勾住他的颈部，并没有摸他的脸。

正当他疑惑之际，她的嘴唇凑了过去，贴在了他的嘴唇上。

他发现，她已经泪流满面。

油菜花开

126

第二辑

家有儿女

◀ 生病的儿子
....

傍晚时分，她诞下一男婴，七斤多重。她在产房里观察了两个小时后，母子平安出来。

全家人都围了上去。

他看到她脸色苍白，显然是生了孩子后整个人虚脱、疲惫，但她的眸子却流露出了无比幸福的目光。他再看看儿子，小家伙白嫩嫩的，可爱极了。

全家人都沉浸在喜悦之中。

住院期间，他就陪在她边上，每晚在医院病房度过，累了困了就躺在硬邦邦的陪护椅上小睡一会。

儿子通过了听力测验，随后抽取了脚底血，测了黄疸，指标正常。他办理了出院手续，妻儿顺利出院。

十来天后，她发现儿子肚脐出血，打电话给正在上班的他。

"儿子肚脐出血了，怎么办啊！"她焦急地说。

"是护理不到位吗？按理说这么多天了，肚脐不会出血，早

油菜花开

愈合了。"

"你快回来，带儿子到医院儿科看看吧！"

"要不，你用碘附棉棒擦，再观察观察，如果还有出血，就带到医院看。"

"好吧。你下班后就赶回来，我们去看急诊科。"

担心儿子肚脐发炎，他一下班就带儿子去了医院看急诊。

急诊科的专家看后，让护士给孩子做了肚脐护理，叮嘱要一天消炎两次，并注意肚脐干燥。他又买了碘附、棉签和护脐贴，照着老方法进行护理。

两天后，儿子肚脐仍未好转，他们又带他去儿科就诊。儿子在抽血时，表情痛苦，眉头紧皱，小脸涨红，哭声揪心，他很心痛，眼泪在眼眶直打转，恨不得替儿子挨上一针，代他承受抽血的痛苦。万幸的是，儿子抽血结果正常。看来，肚脐的炎症仍在可控范围。但炎症加重了黄疸，医生建议断母乳一个星期，儿子只能吃奶粉。儿子有点不适应，晚上哭闹睡不好。他陪着，一晚上没睡好觉。

没过两天，儿子的肚脐开始红肿了，她在晚上换洗时发觉更严重了，于是急忙挂了急诊儿科，医生检查后说要住院，她伤心地哭了。

他含着眼泪给儿子办理了住院手续。

他们眼睁睁地看着儿子被护士抱进了重症监护室。

她瞬间泪奔，在他的肩头哭得一塌糊涂。

他自语：心痛啊，我可怜的儿子。

回到家的她失魂落魄，神情黯然。他也是精神恍惚，萎靡不振。

"要是儿子有个什么三长两短，我也不想活了！"她痛苦极了。

"老婆，别难过，我相信儿子一定能渡过难关，一定会好起来的。"他装作坚强的样子。

"一想到儿子没奶吃，我的心都要碎了。"

"监护室内有母乳配方的奶粉的，护士会定时定量喂儿子的。主要的问题是，等儿子出院后，你的奶水会不会减少了。"

"嗯，我要买个吸奶器，不能断奶了。"

"我现在就去买！"

他似乎来了精神，眼里又充满了希望。

数天后，他们去医院咨询，医生说孩子的病情有了好转。重症监护室只能一个人进去，她进去后，他在外面等待。

不一会儿，她出来了，告诉他，看到儿子时，儿子咧开嘴笑，真是心有灵犀啊。细心的她还看到儿子脸上有划痕，是被指甲划的，护士已剪掉了指甲。儿子已有好转，虽然重症监护室费用昂贵，但比起儿子的命，钱微不足道。

她了解到，儿子在监护室内老是哭，不过食欲还可以。肚脐还有点潮湿。

又过了数天，医生说孩子可以出院了，他们无比欣喜。儿子在监护室内待了七个晚上，总算可以出院了。

看到儿子被抱出来的那一刻，他激动得热泪盈眶。儿子却一脸茫然，神情呆滞，躺在保温箱里挂了七天的针，好可怜呐！

"回家，带儿子回家！"他说这话时，像是从一场劫难里逃离出来似的，充满了胜利的喜悦。

　　他特意去菜场买了猪蹄、鲫鱼和豆腐，烧好给她补奶。

　　她吃饭间隙，他抱着儿子，儿子在他怀里睡着了。

　　他轻轻地将儿子放在摇篮里。摇篮很实用。儿子躺在摇篮里，摇一摇，马上就睡熟了。

◀ 沉迷手机的儿子

　　她的儿子不知何时起，竟像着了魔似的，对手机产生了一种近乎疯狂的痴迷。每日但凡稍有闲暇时光，他便如同条件反射一般，迅速摸出手机，然后整个人就像是被吸入了另一个世界般，沉醉其中难以自拔。

　　起初，她并未太过在意，只当孩子是偶尔放松消遣一下。然而，随着日子一天天过去，问题却如雨后春笋般接连不断地冒了出来。先是儿子那向来引以为傲的学习成绩，犹如断了线的风筝一般，一路急速下坠。曾经那个在班级里始终名列前茅、备受老师称赞和同学羡慕的优秀学生，如今在成绩单上的排名却是节节后退，令人瞠目结舌。

　　更糟糕的是，由于长期目不转睛地紧盯着小小的手机屏幕，儿子的视力遭受了前所未有的重创。原本清澈明亮的双眸，此刻看东西时竟是一片朦胧，仿佛隔着一层厚厚的雾气，怎么也看不真切。这一系列突如其来的变故，令身为母亲的她心急如焚，整日愁眉不展，夜里更是辗转反侧难以入眠。

在经历了数日数夜的苦苦思索与煎熬之后，她想到了办法。这个办法宛如黑暗中的一盏明灯，给她带来了无限希望——它既能确保儿子的学业不会因沉迷手机而荒废，同时还可以拯救他那已经摇摇欲坠的视力。

她决定与儿子进行一次深入的谈话。

某天晚上，她轻轻地走进儿子的房间，坐下来，温和地说："儿子，妈妈注意到你最近对手机的依赖越来越严重了，这不仅影响了你的学习，还伤害了你的眼睛。我有一个想法，我们一起制定一个使用手机的规定吧。"

儿子抬起头，看着妈妈，眼中闪过一丝疑惑。

她接着说："以后每天只能在特定的时间内使用手机，比如完成作业后，可以玩半个小时。并且，我们每周安排一些户外活动，让眼睛休息一下。"

儿子思考片刻，点了点头。

接下来的几周，母子俩严格执行规定。儿子的学习逐渐恢复正轨，视力也有所改善。她知道，她找到了正确的方法。她让儿子渐渐忘却了手机的存在，重新找回了对生活的热情。

每天放学回到家，儿子就开始写作业了，这是可喜的现象。看来，儿子不再沉迷手机了。

看着儿子的变化，她感到无比欣慰。

◀ 父爱如山

　　小蕾是个16岁的花季少女，从小父母离异，由父亲一手带大。小蕾比较任性，有次在学校，与女同学发生口角，扇了女同学一耳光。女同学哭着状告老师，老师当众批评了小蕾，小蕾还顶撞老师。老师连忙打电话叫来小蕾爸爸，小蕾却径直跑回了家。

　　小蕾爸爸由于经常上夜班，不能陪在小蕾身边督促小蕾学习，在没人管束下，同村女孩小雅就经常到小蕾家玩，两人成了好朋友。小雅初中毕业后就不上学了，19岁的她谈了好几个对象，从男的身上蹭吃蹭喝，活得逍遥自在。

　　小雅都会把手机给小蕾玩，渐渐地，小蕾迷恋上玩手机。小雅告诉小蕾，她要单身去广东闯闯，听说那里是块淘金地。小雅去广东后，小蕾就显得特别孤单，精神很沮丧。

　　小蕾失联的前一天，是小蕾爸爸接女儿回家的。当晚，小蕾提出要玩手机，因为期末考试临近，小蕾爸爸没有同意小蕾的要求。父女俩因为此事争吵了几句。小蕾爸爸上晚班，丢下小蕾一个人在家。第二天，小蕾爸爸回家发现小蕾不在。小蕾爸爸到学校问老师，老师一头雾水，说根本没看到小蕾的影子。小蕾爸爸急了，和大伙儿找了好多地方，都没找到小蕾。联想到女儿平时跟小雅走得很近，小蕾爸爸决定南下寻女。

到广东后，小蕾爸爸找了最便宜的小旅馆住下，并向各家旅馆打听女儿的下落。当地的媒体工作者为小蕾爸爸提供了一些帮助。得知小蕾爸爸来广东了，小雅给小蕾在城郊找了一家小旅馆。小雅让小蕾在旅馆里看电视、睡觉，不许外出，这样小蕾爸爸就根本找不到小蕾。

小蕾问小雅在外面做什么，小雅三缄其口。小蕾说想回家了，小雅不同意，然后骂小蕾，说小蕾会害她坐牢。

小蕾爸爸除了睡觉，大部分时间都在街上寻找。他不敢眨一下眼睛，生怕女儿的影子从他的眼皮底下溜走。

过了十来天。小蕾爸爸发现一个熟悉的身影溜进会所。小蕾爸爸一时想不起是谁。为了再次看清这个身影，小蕾爸爸干脆在会所边上蹲守，直到这个身影再次出现。小蕾爸爸想起这女孩就是村里的小雅。

为了能进入会所，小蕾爸爸特意理了发，买了身衣服。服务员问他是来按摩还是享受的，小蕾爸爸竟然一问三不知。随后，服务员带小蕾爸爸去挑小姐。面对众多穿着暴露的小姐，小蕾爸爸害羞地把头低了下去。小蕾爸爸赶紧从会所里逃了出来。

小蕾见小雅回来，问她去哪儿了，小雅仍然不说，小蕾再问，小雅就发脾气。小蕾再次提出想回家了，小雅坚决地说，她已经把小蕾介绍给一个大客户了，费用很高，她不能丢掉这笔难得的生意。小蕾听了非常惊讶，问小雅把自己介绍给客户是什么意思。小雅说过几天就知道了。

过了两天，小雅没有带小蕾去会所，而是直接打车去了十公里外的城区。小雅带小蕾到了一家豪华酒店。小蕾问小雅带她到这里干什么，小雅说等下就知道了。在酒店的房间里，小雅出去后，却进来一个陌生男子。小蕾惊恐万分，连叫小雅，没人反应。最后，这个陌生男子玷污了小蕾。小雅收到好处后，到酒店房间带小蕾回到了小旅馆。小蕾一路沉默，哭泣，痛不欲生。

又过了一天，小蕾爸爸终于在会所门口逮到了小雅。小雅很吃惊，赶紧叫保安，保安赶来，将小蕾爸爸一顿殴打。这事后，小雅带着小蕾连夜打车去了另一个城市。小蕾爸爸见情况不妙，担心女儿出事，赶紧报了警。警察经过侦查，不出两天，在另一家会所将小雅抓获。小雅很快交代了小蕾的藏身地。小蕾爸爸坐着警车直驱藏身地。小蕾已泪流满面。

小蕾被爸爸带了回来。强奸小蕾的男子已被警方刑拘。小蕾后悔自己赌气外出，她本意只是想让爸爸担心一下。

在一个小村子里，小蕾爸爸亲自下厨，为找寻了二十来天的女儿烧了一桌好菜。而回家的那天，正是小蕾的生日。

◀ 父亲的茶叶情结

　　每次出差回来，阿东都不忘给父亲带点茶叶。阿东知道，父亲是个喜欢喝茶的人，他对茶叶有一种特别的情结。只要是好茶，他来者不拒。

　　回到家的阿东，第一件重要的事情就是上交茶叶。当阿东将新买的整罐茶叶交给父亲时，父亲只看了茶罐上的文字说明，就批评了阿东一顿。

　　父亲说，买这种劣质茶叶，还不如喝白开水。

　　阿东表示不理解。

　　于是，父亲又拿香烟作比较，说道理是一个样儿，劣质香烟会严重影响人的身体健康，茶叶也一样。

　　阿东真觉得好笑，开始反驳，辩解着茶叶不会影响身体健康。香烟和茶叶，完全是不一样的东西，香烟壳上都注明了吸烟有害健康，而茶叶呢？从没见过茶罐上说喝茶有害健康的。所以，两者完全没有可比性。

父亲听不进去，反而又训斥了阿东一顿，最后他说的这句话才是重点：以后买茶叶就得买杭州的"龙井"。

嗨，难怪父亲这么犟，原来他还有一份"龙井"情结啊！

有一天，阿东在父亲的抽屉里发现几小包未拆封的"龙井"茶叶。阿东这才明白过来，平时父亲很少喝"龙井"，这是珍藏"龙井"茶叶呀！

阿东感动于父亲的这份茶叶情结。这跟家里的经济条件好不好没有关系。阿东心想，下次给父亲带点"龙井"茶叶，哪怕只是一点点，也是一份孝心。

更让阿东感到吃惊的是，他"探索"到了一处新奇观：在父亲卧室的一处角落，已堆满了"龙井"的茶罐，想不到他"爱屋及乌"，真令人佩服不已。

阿东仔细观察了这些茶罐，精致、古朴、美观，而且纤尘不染，足见"茶罐"主人爱之深切了。

又一次出差回来，阿东带了少许"龙井"我品尝了一下"龙井"，觉得味道清爽怡人，带给人一种舒心的享受和一份惬意的心情。怪不得听人说起，品茶能滋养温和性情与浪漫的情调，提升人的文化品位呢。茶之精髓，莫过于此也。

以后如果经济宽裕的话，我也要品茗几年"龙井"，也不枉父亲的深情"教导"。

◀ 父亲节
·····················

那年，父亲年近花甲。

父亲节那天，父亲不忘去养老院看他的父亲，要儿子开车载他到养老院，儿子欣然应允。

在去往养老院的路上，父亲看到路上有一处卖水果的摊子，就急切地叫住了儿子，让儿子靠边停车，他要下去买点水果。于是，儿子把车缓慢地停在了边上。

父亲下了车，挑了黄桃和葡萄两样水果，没有零钱，就将身上仅有的一张百元大钞递给了摊贩，这一幕儿子看得一清二楚，有点感动。父亲平时省吃俭用，舍不得花钱，而现在给他的父亲买吃的，眼睛眨都不眨一下。

买好水果，父亲又坐回到副驾驶座上。很快，车子开到了养老院。父亲提着水果走到他的父亲的房间，儿子也跟了进去。

父亲叫了声爸，儿子叫了声爷爷。

祖父何尝不盼着家人去看望他呢。祖父虽然说话迟钝，躺在床上连坐起来都很吃力，但眼神里流露出了欣喜。

父亲把他的父亲扶起来，让他稳稳地坐在床沿，随后将买来的葡萄剥开，递到他的嘴边，喂给他吃。此时的祖父，就像个孩童一般，享受着难得的温情。

而后，父亲又拿起剪刀，蹲下身去，细心地给他的父亲剪起了趾甲。祖父就那样慈祥地坐着，嘴角露出一丝微笑。

父亲给他剪好了趾甲，再用毛巾给他的脚擦拭干净。祖父满足而幸福地躺回到床上。

这一幕，儿子感动得无以复加。儿子默默地看着这一切，默默地把这 切记在了心上。

在回来的车上，儿子塞给父亲一百块钱，说，爸，今天是父亲节，这一百块钱给你买点吃的吧。

父亲推辞说，你赚这么点工资也不容易，你还是自己留着花吧。

见父亲坚持不要，儿子只好收回了钱。

父亲的父亲节，就是这么度过来的。

父亲内心很快乐，因为他是一个孝子。

◀ 父亲和儿子

他下班刚到家里，儿子就扑了过来。

"爸爸回来了，我在家里等您好久了！"

"儿子乖！"

儿子兴奋地箍住他的大腿："爸爸，我爱您！"

他喜出望外，原来儿子还会撒娇。

"爸爸也爱你。"

儿子跟他玩，给他戴眼镜。

"爸爸，闭上眼睛，我给您戴眼镜。"

"好呀。"他幸福地闭上双眼。

"爸爸乖！别乱动。"

儿子说着，给他戴上了眼镜，随后拿下，又戴上去，这样反复弄了三回。

"眼镜戴好了吗？"

"戴好了。"

他睁开双眼，眼前一片模糊，镜片已被儿子的手指给弄糊了。

他只好去卫生间洗了镜片后重新把眼镜戴了上去。

每次接儿子幼儿园放学，对他来说，是件很幸福的事儿。

他刚把车子停在幼儿园外，老师就喊他儿子的名字。随后，儿子欢快地从教室里出来。

放学接到家里，儿子就跟他玩。坐在他的小腿上，玩跷跷板的游戏。虽然腿很酸痛，但他也乐意。

"爸爸，吃饭了！"

"真懂事。"他微笑着摸了一下儿子的脑袋，拿起筷子给儿子夹红烧肉。

儿子有样学样，用勺子舀了番茄蛋汤，递到他的嘴边。他凑过去喝，并用舌头美美地舔了一下嘴唇。

"爸爸，好吃吗？"

"嗯，味道很鲜！"

"爸爸，红烧肉也很好吃。"

"那爸爸以后多买点肉回来。"

早晨起来。儿子挑食了，豆沙包竟然吃腻了，闹着要吃奶黄包，而且其他的早餐食物都不闻不问，这让他有点担忧。在他的威严之下，他还是吃了。

上学路上，儿子背着书包，手里攥着一根火腿肠。到幼儿园，临下车时，儿子的手里，依然紧紧地攥着那根火腿肠。

周末，儿子喜欢玩积木，很快就堆好了一座城堡。

"爸爸，看，我堆的城堡好看吗？"儿子叫他欣赏杰作。

"哇，好漂亮的城堡啊！儿子，你真棒！"他由衷地赞赏。

那天下着小雨，他开车到儿童摄影馆前，停好车，从车上下来，一手撑伞，一手抱着儿子进去。

摄影馆内有摄影棚，摄影师和服务人员已准备就绪。

摄影棚内布置了很多道具，是供摄影用的。场景的设置还是挺有创意的。

有一个房间，专门用来挂儿童的服饰，供孩子们挑选穿戴之用。他给儿子挑选了三套衣服，都挺好看的。

儿子对照相机有感觉了，喜欢在照相机前摆弄各种姿势，也很配合摄影师，跟摄影师互动，做做小游戏。那些精彩的瞬间就这样被定格了。

三套衣服拍摄下来，整整花了两个钟头的时间。他带着儿子回到家，已经是下午四点多了。

兴许是拍累了，儿子很快就躺在沙发上睡着了。他忙不迭地给儿子盖好了毯子。

儿子睡醒后，坐到沙发上，手里拿起一本绘本，聚精会神地看了起来。儿子的眼神里充满了好奇和对知识的渴望，仿佛整个世界都被手中的书本所吸引了。

他轻轻地抚摸着儿子的头发，温柔地问道："今天过得开心吗？"

"开心！"儿子脸上洋溢着天真无邪的笑容。

"绘本好看吗？"

"好看。爸爸，我今天看了很多有趣的故事呢！"

接着，儿子兴奋地向他讲述起了书中的情节，手舞足蹈，十分投入。

　　他静静地听着儿子讲述那些充满想象力的故事，心里感到无比欣慰。他知道，阅读对于孩子的成长至关重要，而儿子对于书籍的热爱让他感到十分骄傲。

　　他知道，无论生活多么忙碌，与儿子在一起的时光都是最珍贵的。

油菜花开

◀ 焦虑的儿子

她敏锐地注意到，儿子近期在面对学习时表现出了极度的不安与焦躁。

每一次目睹儿子那紧紧皱起的眉头以及不时发出的沉重叹息之声，她的内心就如同被一只无形的手狠狠地揪住了一样，疼痛难忍。

经过深思熟虑，她下定决心要付诸实际行动，帮助心爱的儿子挣脱这种令人忧心忡忡的焦虑困境。她决定为儿子量身定制一套放松训练方案。

说干就干，她毫不犹豫地牵着儿子的小手，一同踏入了一座宁静且美不胜收的公园。

这座公园里，郁郁葱葱的大树像一把把绿色的巨伞，遮天蔽日；五彩斑斓的花朵争奇斗艳，散发出阵阵迷人的芬芳；鸟儿们欢快地歌唱着，仿佛在演奏一场自然的交响乐；轻柔的微风如母亲温柔的双手，轻轻地抚摸着人们的面庞，送来缕缕沁人心脾的清新气息。

　　母子二人精心挑选了一处绿茵茵的草地，缓缓地席地而坐。随后，他们轻轻地闭上双眼，开始按照她的指引，缓慢而有节奏地深呼吸起来。伴随着每一次深深的吸气和悠长的呼气，儿子原本紧绷的身体渐渐松弛开来，好似一块坚硬的石头逐渐融化成柔软的黏土。

　　紧接着，她用轻柔舒缓的语调，引领着儿子穿越时空的隧道，回忆起那些曾经充满欢声笑语的美好时光。他们一起重温了儿时尽情嬉戏玩耍的欢乐场景：在绿草如茵的草地上追逐打闹，在清澈见底的小溪边捉鱼摸虾，在金色的沙滩上堆砌梦想中的城堡……还有当儿子取得一个个小小的成就时，脸上绽放出的灿烂笑容，心中洋溢着无比自豪的喜悦之情。

　　稍作停顿后，她又耐心细致地向儿子传授了一些简单易学的冥想技巧。她告诉儿子，要将全部的注意力集中于自身，用心去感受身体的每一个细微部分，从头顶一直延伸至脚底，逐步放松每一寸肌肉。儿子全神贯注地遵循着她的指导，一点一点地释放掉身体内累积已久的压力与紧张感。

　　就这样，经过一段时间坚持不懈的放松训练，儿子终于成功地走出了焦虑的阴影。他重新找回了自信和快乐，对待学习也不再那么恐惧和抵触。

　　看着儿子脸上再次绽放出灿烂的笑容，她欣慰地笑了。

◀ 家有儿女

    珍是某高中学生，人长得清秀，学习成绩优异，工作认真负责，深得师生们的信任。然而，令她颇感烦恼的是父母有了矛盾。

    事出有因。珍的父母时常为鸡毛蒜皮的事儿大吵不止，甚至大打出手。她真想不通这个家到底还能维持多久。她感到茫然的是家庭的纠纷何日才能终止。她想不出协调的办法来。难怪她近日老是走神，上课注意力不集中，有一种身心疲惫的感觉。而她的班主任也似乎未曾发觉她有些异样，只是觉得她有点倦意而已。

    珍压抑自己太久了，她渴望有倾诉的对象，却没人知道她的心事。虽然她生活于一个温馨的集体大家庭中，但她总感觉自己还缺少点什么。在初冬的夜晚，她静坐于校园的石阶上，猛然醒悟：是的，我缺少的就是一种爱，一种亲情的关爱。而这种亲情早已被隔阂，或者说这种关爱早已被无休止的争吵所取代。

    突然，一个清脆悦耳的呼唤打断了她的思路。

    她又惊又喜。抬头间却被一双纤手遮住了视线。

雯，放手吧，我早猜准是你了！

一阵嬉笑过后，雯捧过珍的脸蛋，不无担忧地说，你一定藏着心事。告诉我吧，别放在心上！

珍忧郁地望着眼前的同窗好友，心里似翻江倒海一般，昔日郁积的苦痛似乎立刻就要发泄而出。然而，她又使劲地摇了摇头。

珍，你怎么了？到底发生什么事了？你倒是说话呀！

珍情不自禁地搂住雯，唏嘘地抽泣着。

此刻，珍情愿号啕一场，也许还能让一颗受伤的心得以痊愈。平常，她在同学们面前显得很坚强、很乐观，而现在却怎么也挺不起精神来，反而脆弱到了极点。

别难过，珍，告诉我吧——你的一切不快。

珍抗拒不了友情的力量，于是娓娓地诉说着心事。

雯产生了强烈的震撼，她仿佛也被带入了同一处境之中，不由自主地落泪了。

珍苦楚地一笑，反倒安慰起雯来：哭鼻子可是不好的呀！

雯听后反而失声痛哭。她啜泣着说，咱们真是同病相怜啊！

什么，雯？难道你的父母，也像……

还不止这样呢！他俩去年就离了！

珍感到无比震惊。原来雯藏在心中的痛苦比自己还要强！她佩服雯有如此惊人的意志力和承受力，自己与雯相形见绌，真是小巫见大巫啊！

珍用手拭去雯脸颊上晶莹的泪珠，并安慰她说，雯，别难过。我明白，你已失去了亲情的疼爱，可是你把这种苦痛化为学习的动力，我从你身上看到了坚韧，让我们忘掉烦恼吧！

雯听了珍勉励的话之后百感交集。

两个有着同样不幸的家庭，同窗间唯有互相鼓励和安慰才是急需的滋补品。现在她们可以忘掉世界的一切，忘掉身处何方，但不能缺少彼此的勉励。在校园的角落里，两颗落寞的心已紧紧维系在一起！

珍那晚还未回家，这可把她的父母急坏了。已经有四五天不说话的珍的父母，不得不做出让步。只为了女儿，他们忙着拨打校方的电话。而校方的电话只传出"嘟嘟"声，没人接听。

珍的母亲气泄了一半：完了，女儿完了！

不会的。珍的父亲宽慰着，坚信女儿一定会回来的。还是耐心地等等吧！

时钟敲了九下，还不见女儿的踪影，这下珍的母亲真的心急如焚了，那种焦虑与急切的心情可想而知了。桌上的饭菜已热过几遍了，还原封不动地摆放在那里。

珍的母亲的眼神中闪烁着惶恐不安，接着珍的父亲也惴惴不安起来。珍的母亲眺望着窗外的霓虹灯光，她仿佛从灯光中察觉到一种濒临的厄运，便惊恐地大叫了一声。珍的父亲见状，赶紧奔过去，紧紧箍住她：没事的，没事的……

珍的母亲感动得要死。她没有就此推开眼前与她共处并"斗争"将近十九载的可爱可恨的男人。她像回到了初恋，那种渴求被爱和保护的感觉荡漾在她的脸上。她呢喃着说：好久没有被你这么抱过了。有你在，我什么都不怕。珍会回来的，是吗？

是的，是的。他坚决地应着。

或许这是珍第一次没有回家的缘故，已把她的父母折腾得惊惶失措、寝食不安了。所以，珍的父母商量后决定求助于广播电台。这是他们看到的一线希望。

"寻人启事"一经播出，珍的亲戚、好友，纷纷来电询问究竟发生了什么事。珍的母亲就像断了魂似的呆坐在沙发上抽泣不已。珍的父亲回着接二连三的电话，从他的神情中掠过一丝苍凉感。

珍的母亲的哭声更为揪心：女儿要是有个什么三长两短，你叫我怎么活呀！咱可只有一个宝贝女儿啊！

情急之下，珍的父亲披上一件外套，二话没说就下楼了。

你到哪儿去？珍的母亲惊愕地叫着。

找女儿去！从底楼传来一声微弱的回音，那回音听起来很疲倦、很仓促。

外面的街灯似乎散发出一种迷离黯淡的光芒。珍的父亲环视着四周，空旷的街道没有多少行人。如果不是为了女儿，不是为了这个家，他也就不会出门，不会受冻，不会打喷嚏。他想象着别人家的父母怎样围着子女们嘘寒问暖，怎样迫不及待地给子女们铺上睡被。

他抖擞起精神，拖起近乎僵硬的双腿漫无目的地朝前走着。

他踽踽独行于街道。在这寒冷的夜晚，没有人会在意他的步行，没有人知道他的内心有多么痛楚，甚至没有人愿意瞥他一眼。即使乘车的人们无意识地瞥见他一眼，也只认为他是个没钱的乞丐，沦落在街头……

珍的父亲决定去学校一趟。他预感到女儿就在学校。

令他大失所望的是学校的大门早已关闭。他不得不踅回步子，往家的方向行走。就在他感到绝望时，他蓦然发现在不远的路侧有一个非常熟悉的身影。那身子一动不动地半躺着，头与肩都靠在铁栏杆旁。这种意外的发现使他欣喜若狂。他不顾一切地往前奔，可是重心一失衡，就"扑通"一下栽倒在地。他忘乎所以地爬起继续跑动，全然不觉脚上的疼痛。

那身子显然被这急遽的步声惊醒了，吃力地抬起耷拉着的脑袋，并诧异地望着迎面而来的"怪物"。

珍，爸可找到你了！珍的父亲难以抑制内心的喜悦，灿烂的笑意已写在脸上。

珍带着几分疑虑问：爸，你怎么会来这儿的？

你今晚怎么不回家？待在这里干吗？你得了感冒怎么办？你为什么不给家里打个电话？你是不是跟人斗气了？你是不是受老师批评了？你是不是因为我与你妈吵闹不回来呢？你到底为什么？

珍的父亲情急之下一气呵成，发了一连串疑问。这疑问中既有责怪又有怜爱，既有恼火又有心疼，既有咄咄逼人又有百般呵护。

珍听得泪流满面。

珍扑进了父亲的怀里。

珍叫了一声：爸爸！

珍没有直接回答父亲的疑问，只是拥着父亲的粗腰。珍想让瑟缩的身躯得到温暖。

珍的父亲忧心忡忡地问：珍，告诉爸吧，今晚发生什么事了？

爸，您想知道吗？

当然！

爸，您和妈闹矛盾，有事没事就吵架，还闹着要离婚，我心里不是滋味儿。爸，我不想整天听到刺耳的吵闹声。我想让你们和好如初，所以就想出了不回家的办法。我一个人在这儿逗留，也不打电话到家里，我知道您和妈一定为我着急。后来，我就不知不觉在这儿打起盹来睡着了……直到您来了我才醒过来。爸，我需要一个幸福温馨的家，您明白我的心思吗？

珍的父亲沉思了许久，才吐出一句话来：珍，你说得对！爸听你的，好吗？

那太好了，您可不许耍赖啊！

珍的话滋润了父亲干涸的心田。

珍，我的好女儿，原谅爸吧！以后，我会让这个家过得开心、快乐好吗？

话到这个份上，珍的泪水潸然滚落。

天底下竟然还有一对父女，在这大冷天，在这时间、地点，相互理解与沟通，共同解开家庭矛盾的死结！

爸，您还是世界上最好的爸爸！爸，咱回家吧！

从某个都市的一幢房子里传出清脆爽朗的欢笑声。此刻，时钟已敲了十二下。

◀ 节约粮食
··················

　　祖父很节约粮食，每次吃饭，都不剩一粒米饭，父亲曾笑说"省到极点"，祖父严肃地说，浪费粮食最可耻。

　　父亲受祖父影响，养成了节约的好习惯。上次在饭店吃好饭，父亲就吩咐服务员将剩下的食物打包。儿子阻止说，别人都不打包，我们打什么包？父亲严肃地说，你爷爷在养老院，他要是看到，肯定同意我打包。

　　儿子虚心接受批评。

　　儿子的女儿能自己独立吃饭了，本来是件好事，但她却浪费粮食，每次吃剩很多，就说不吃了。儿子开始教育他的女儿不能浪费粮食，农民伯伯种粮很辛苦。儿子屡次说教，他的女儿都当成了耳边风。打骂不是好的教育方法，得想法子，潜移默化她。

　　苦思冥想好久，儿子决定带他的女儿到养老院，看望她的太公太婆，给她来个"现身说法"。

　　儿子带着他的女儿到了养老院。中午，太公太婆将吃好的碗

第二辑　家有儿女·

筷交给养老院的工作人员。儿子跟他的女儿说，你看到没有，太公太婆的碗里不剩一粒米饭。他的女儿点点头说，爸爸，我也保证能做到。

儿子微笑着摸了摸他的女儿的脑袋。

回到家里，儿子就给他的女儿讲起了太公太婆的故事。儿子就从祖父让他节约粮食开始讲起。

十几年前，有次祖母生病卧床不起，端水端饭洗碗的任务就交给了儿子的母亲。母亲有时让祖父祖母吃好的碗筷端过来交给她清洗，儿子发现祖父祖母的碗里竟然不剩一粒米饭，第二天还是这样的情况。第三天，祖父说，节约是好习惯。儿子却不以为然，仍然我行我素。祖母病好后，祖父时不时地过来突击检查，令儿子防不胜防。一次，儿子胃口不好，剩了半碗米饭未吃，不巧祖父过来查看，厉声说，你又浪费粮食了。母亲替儿子解释，说他胃口不好，吃不完就剩了。祖父还不放过，苦口婆心地教育起来。再有一次，儿子因上班快迟到了，匆匆吞了几口饭就出门了，正好被祖父撞见。祖父见碗里还剩那么多饭，很是气愤。等儿子下班回来，他还惦记着这件事，又耐心地说了一大通浪费粮食可耻的话儿。儿子虚心接受教导。事不过三，打那以后，儿子就慢慢养成了节约粮食的好习惯。

儿子的女儿认真听了他的讲述，很受启发。她说，爸爸，我保证再也不浪费粮食了。

一段时间下来，儿子的女儿还真做到了。

◀ 镜 子

一天，儿子被母亲揪住。

"你看看你，每天都不照镜子，衣领都没翻出来，就这么出去呀，像什么样子！"

"妈，照镜子浪费时间，没必要呢！"

"还嘴硬，看看你自己什么样子！"

儿子硬着头皮走到镜子前瞧个究竟，赶紧将衣领翻出来，随后赶忙转身，踩着木楼梯"噔噔噔"地下去了。

母亲在楼上喊："下次别忘了照下镜子啊！"

儿子回应："知道了。"

到了晚上。一家人在吃晚饭。

父亲说："我们要搬新房子了。老房子要拆掉了。"

儿子说："那旧衣柜都要扔了，新房子要用新衣柜。"

母亲说："旧衣柜不能扔。"

"为什么？"

母亲回答："旧衣柜是我三十年前的嫁妆，有意义，又是实木做的，经久耐用，扔了很可惜。更重要的是，衣柜中间还镶着玻璃镜子，这种家具，市场上很难找到了。"

"妈，市场上家具可多了，要什么有什么，您这旧衣柜呀，已经土得掉渣了。"

"旧衣柜还可以用，留着继续用呗。"

说不过母亲，儿子就不吭声了。

乔迁那日，儿子帮家里搬家具。

旧衣柜太庞大，楼梯下不了，儿子和父亲用绳子牢牢捆好，准备从阳台往下面放。

当儿子使劲抬起衣柜时，衣柜的玻璃镜不偏不倚地磕到了阳台，玻璃镜瞬间裂开了一道缝。这道缝从上到下，很是明显。

儿子朝楼下喊了一声："妈，玻璃镜被磕破了。"

"你怎么这么不小心啊！"

旧衣柜被放到了楼下的地面上。

母亲双手抚着那一道缝，心疼不已。

儿子急忙从楼上下来。

"妈，镜子碎了就扔掉吧，连同衣柜重新买过。"

"不行！不能扔。"

第二天，母亲用透明胶带小心翼翼地粘镜子。

儿子看不过去，上去阻止。

"妈，镜片都裂开了一道缝，有什么好粘的，直接买新的得了。"

母亲不听，兀自粘着镜子。

这时，女儿过来了。

女儿说："妈，我听人说，破了的镜子放在房间里不吉利，您还是扔了，买新的吧！"

"你懂什么，这镜子都照了三十年了，都有感情了，怎么能说扔就扔呢？你奶奶那枚小镜子应该有五六十年了吧，她照样拿着梳头擦脸呢！老年人都能做到，我们为什么不能做到呢！我还打算这块镜子跟着我一辈子呢！"

父亲闻声过来。

"我就知道你们为镜子的事情争吵不休。房间里镜子肯定要有的，这块镜子确实破了，明天到玻璃店量身定做一块新的。"

母亲问："能定做吗？"

父亲答："肯定能定做了。假如不能定做，就用回旧镜子吧！"

儿子和女儿都点头赞同。母亲也就默认了。

父亲将旧衣柜的镜子卸下，用软尺量好了尺寸，赶到玻璃店，将量好的尺寸告知店员，并预付了定金。

过了两天，父亲将新的玻璃镜装回到旧衣柜。

父亲说："怎么样，还行吧！"

母亲满意地点点头。

儿子将新买的一枚镜子挂到了墙上。

照着镜子，儿子看到了自己久违的笑容。

◀ 老父的抉择

老陈要举报自己的儿子，他要"大义灭亲"。

儿子做了违法的事，母亲却护着，挡在儿子面前阻止丈夫打儿子。

儿子是母亲的希望。想想以前，每逢儿子放假回来，她激动的心快要跳出胸膛了。她为能有优秀的儿子而自豪。每当远房的亲戚来家里做客的时候，她都要美滋滋地夸上儿子一番。她只有这个儿子，在儿子身上倾注了满腔希望。儿子大学毕业后就被分配到了税务局，按理说这是一个非常不错的职业，一切是那般美好，可怎么会……

儿子本来可以金盆洗手、回头是岸的，可就是因为玩乐之后金钱极度匮乏，就着了魔不能自拔，越陷越深。而光凭那薪水是远远无法满足欲望的，于是一发不可收拾，从抽取税款到干脆私吞税款，胃口愈来愈大。

面对儿子的所作所为，老陈感到半个身躯仿若瘫了，什么家业，什么做人的尊严，好像一下子被一种魔力扭曲变形了，变成了积压在胸口的沉甸甸的铅石。

这位走过风风雨雨、饱经人间沧桑的老汉会不会就此倒下去呢？

老陈想到的是希望儿子抛开一切的后顾之忧，坦坦荡荡地去公安局自首，那样刑罚会减轻一点。

老陈陷入了沉思。他内心正展开一场猛烈的激战。从儿子出世到他大学毕业，自己几乎倾注了全部的父爱，为的就是期盼儿子能成为社会有用的人才，成为国家的栋梁，成为全心全意为人民服务的公仆。当自己很有信心地将儿子抛向社会，以为儿子思想成熟、品格健全了，就用不着操心和顾虑了，儿子就成了一匹脱缰的野马。现实社会的复杂多变，使儿子饱受着钱、权、色的三重诱惑，沦为一个罪人，一个被列祖列宗、被人民唾骂的罪人。归根结底，是缺少了对儿子出社会后的再教育。如果上帝能再给自己一个"凤凰涅槃"的机会，即便是让自己折损十载廿载的寿命，也是能欣然接受的。

他多么希望自己能够替儿子去自首，让儿子能重新活过、重新做人！

老陈想过之后，就给儿子打电话。当他提起话筒的时候，粗糙的右手分明是在颤抖。但他硬是将电话拨了出去。那边传来有些刻薄的声音，说手机已经关机。他不甘心地重拨了几次，那边仍旧传来这句不带感情色彩的话语。

这可怎么办呢？情急之下他决定找上门去。他相信自己一定能够说服儿子的。

老陈就这么满怀信心地上城了。当他到了儿子的单位，那里的同事告诉他，儿子刚好办理了休假一个星期的手续，这个星期是见不到人影的，说得难听一点，是惊惶地躲到哪儿去了。

老陈怏怏地回到老家。隔了一天，他又打了儿子的手机，那边仍然关机。他急得像热锅上的蚂蚁，恨不能立马找到儿子，把他带到公安局算了。

终于熬过了这个星期。老陈又备好行李上城了。

小陈还以为一个星期过了，事情就会风平浪静，想不到找上门的，竟是自己的父亲，这不得不让小陈感到诧异。

老陈坚决要让儿子去自首。小陈当然无法接受，好不容易躲过一个星期了，这不是明摆着让自己往火坑里跳吗？小陈大声嚷嚷若是有丝毫差错，以后就不认这个父亲了。

老陈拖着疲惫的身子回到老家。他对儿子很失望。在正义面前他能作出何种抉择呢？

就这样在思想的交锋中过了两天，他终于想开了，他真的要将儿子举报了，希望公安局能够调查清楚儿子的事情并能从轻处治儿子。

老陈拨电话的手一直在发抖。他比上几次更抖得厉害了。他的额头已沁出了大滴的汗珠，牙关仍然像往常一样紧紧地咬着。他觉得自己能够承受住这种无情的打击，因为他对自己的儿子仍然充满着殷切的希望。

报警电话打出后的短短一个钟头，老陈收到了自己的儿子被捕的消息。老泪已挂满了脸颊。他愈发显得衰老了。

此刻，老陈内心如翻江倒海一般，是他"出卖"了自己的儿子，他觉得还有什么不能"出卖"的，自己的思想、自己的情感、自己的灵魂。他已觉得自己的生命已不属于自己了。

接二连三的，老陈又听到不少他熟悉的或者陌生的人被抓了。

这一夜，老陈失眠了。

老陈和老伴去看守所看望自己的儿子。

小陈的表情很冷淡，沉默着一句话也不说，也不搭理母亲的问话。此时，他已成了最冷酷最无情的稻草人了。

老陈神情失落、步履踉跄。他后悔自己当初没有教好自己的儿子。他更多的是深深的自责。他想了很多，想到了自己的无能，想到了幸福被现实剥夺开去，想到了在以后的日子里如何在乡亲们的面前抬起这颗脑袋……

在城市通往乡村的路途上，在拥挤嘈杂的汽车上，他默默地承受着。他对这件事情的做法，超乎所有人的看法。

老陈看到自己村庄的那几棵老杨树，已触景伤情。那是他儿子出生满月时他亲手栽种的，如今已是参天大树了。他内心的堤坝像被冲垮了，一任情感的洪水泛滥成灾。都这么一把岁数了，经历了人世间的恩恩怨怨，也领悟了不少的人生哲学，也把事物看得淡了。但唯独他的儿子，是他此生最放心不下的，而放心不下的事情也终于发生了。过去他对工作中的纠纷、对朋友的误会、对爱人的唠叨，他都能涣然冰释，然而他就是无法包容儿子的错误。想到小时候儿子做错一道数学题或者很顽皮地跟别的孩子玩玩游戏打打架儿，他都能体谅儿子的幼稚和任性，都能消解心中的恼怒，反而觉得那种生活很美好很幸福，儿子的童真就是生活中最富有诗意的小小插曲。而今……儿子沦为了阶下囚，这怎能不叫人黯然神伤呢？

在人们的眼里，他像是一个刚刚从病榻上起来的人，又像是一个路遇歹徒遭了洗劫而失魂落魄的可怜人。

◀ 老王历险记

    老王是船主小李的雇员，主要负责看管渔船的。那天海面有八级大风，船主小李就将渔船停靠在码头，让老王一个人看管着。

    到了晚间，老王将渔船打理妥当后，就去睡觉了。正当老王酣睡之时，整艘渔船震动了一下。老王睁开惺忪的睡眼，见无异常现象，就又睡了过去。

    天蒙蒙亮，老王从睡梦中醒来。此时，他才觉得不对劲。老王还以为是个错觉，揉了揉眼睛，这下他惊呆了：四面皆是茫茫的大海！老王忽然想起午夜时的那一声震动。老王感到后怕，同时也深深地自责起来，要不是疏忽大意，可能就没有这样的后果了。

    昨晚有一艘经过的船只撞了下渔船，那艘船的螺旋桨把这艘渔船的锚给割断了，加上晚间的大风，渔船就像脱缰的野马，越漂越远。

    老王不会操作渔船，身上也没有携带通讯工具，这可如何是好？老王心里很焦急。他呆呆地蹲在甲板上，神情木然，不知所措。

茫茫的大海，这艘渔船显得有些突兀。它没有发动，只是在大海上漫无目的地漂泊着。

甲板上风很大，老王只得进了船舱。老王想到了生火求救，这不失为一个好办法，但前提是不能把渔船给烧着了。

老王就把备用的棉被拿出来，撕成一块一块的，当有船只经过时，就在甲板上将棉被点燃，希望过往船只前来救援。于是，老王就静静地守候着。而第一天，根本就没有什么船只经过。

渔船上只有一桶冷饭、两盒饼干、两瓶矿泉水和几棵大白菜。

第二天，海风仍很大，过往船只几乎绝迹。这一天，老王是在煎熬中度过的。

第三天上午，老王总算望到有一艘轮船经过，于是老王大声地呼救。许是海风太大的缘故，呼救声被海风海浪的声音吞没，过往轮船径直开走了。老王一声叹息。这一天，老王只啃了两块饼干，喝了几口矿泉水。老王心里明白：剩下的食物省着吃，能熬过一天是一天。

第四天晚上，老王欣喜地望到远处有船只经过。他马上将一小块的棉被放到甲板上点燃。火光在夜晚不时地闪动，映衬出老王那张苍老而又疲惫的脸。但是很遗憾，那艘船上的船员似乎没有注意到老王这边，照例开走了，最后消失在老王的视线里。看着逐渐被熄灭的火堆，老王不由深深地叹了口气。

第五天早晨，海上起了白雾。老王已饿得慌，不得不拿出那桶冷饭，还有大白菜，烧好后津津有味地吃起来。这一次绝对是享受美食的过程。没有与外界的联系，这纯粹是人与自然的较量。

第六天的到来，老王已坐立难安。他无比期盼着奇迹的出现。这艘每天形影不离的渔船，就是老王生活全部的乐趣。他照管着渔船，就好比是他照顾着自己的儿孙，一样的满足，一样的幸福。而今他的感受显然起了微妙的变化。他已觉得这艘渔船就像一个叛逆的孩子离家出走；而大海，就像一个罪恶的魔神，兴风作浪，推波助澜，诱导着孩子走向堕落，甚至走向毁灭。

第七天晚上，老王肚子饿得不行，只得啃了剩余的饼干。望着令他有些绝望的大海，老王心头无限的悲怆。老王这辈子阅历无数，然而，面对长时间的饥饿，面对与死神的抗争，他还是第一次。

这个晚上前后有两艘轮船经过，老王仍像上几次那样，边喊边点燃火把，带着无限的希望，得到的却是无限的失望。那两艘船根本不理人，按着它们既定的航道兀自前行，哪怕是一时半刻的驻留，也会给老王一丝宽慰。老王的嘶喊声渐渐地又被强大的海风海浪淹没了。他只好瘫坐着，无可奈何地静候着死神的再次逼近。

转眼就到第八天了，这一天天气晴好。让老王心跳不已的是，有一架直升机从上空经过。那架直升机可能在探测海面的目标，但它飞得太快，哪里还顾及老王和渔船呢？直升机飞走后，老王顿时感到绝望。也许他和渔船的离奇失踪已惊动了有关部门，不过连这么好的救援机会都失去了，还能有获救的希望吗？

老王根本不会想到，他的失踪，竟然牵动了很多根"神经"，社会各有关部门正全力组织人力物力进行搜救。渔船漂在茫茫大海，犹如沧海一粟，必定给搜救工作带来极大的困难。但社会给了个体生命更多的人文关怀，不会因为你是一条卑贱的生命而放弃对你的营救。人的生命在人权面前人人平等。

已到第九天了，老王迫不得已将渔船上能吃的食物都吃了个精光。这下，他真的可以闭上眼睛好好地休息了。老王是坚强的，他不想睡，因为他明白，睡过去就错失了求生的希望。时间一分一秒过去，到最后，老王实在困得不行，就昏昏然地睡着了……

奇迹终于在第十天发生了。一声刺耳的鸣笛，将老王从睡梦中惊醒。老王兴奋不已，他像个孩子跳了起来……满脸的惊喜挂在他沧桑的脸上。老王分明看清，对面驶来的是一艘海上巡逻船，失踪的他总算被人找到了。

老王高兴地呼喊，拼命地呼喊，忘乎所以地呼喊，这一声声的呼喊，证明着他还存活着，没有被厄运击垮。

当巡逻船上的工作人员抓紧老王有些颤抖的双手时，老王激动极了，顿时老泪纵横，说不出半句话来。

工作人员将老王扶进船舱，给他面包和矿泉水。他们看到，那艘渔船的甲板，被老王烧了一个大窟窿。

船主小李见到满脸歉意的老王后，并没有责怪什么，而是紧紧地握住老王的手，说了句：老王，你辛苦了。

家人们苦苦等待老王奇迹归来。

终于见到了家人，老王老泪纵横。

在得到家人们的安慰之后，老王脸上洋溢出久违的笑容。

◀ 理　解

....

　　阿坤不经意地打开书柜，见书柜里的书被翻乱了，想想可能是妹妹弄的，他忍气将书整理好。

　　妹妹回家后，阿坤随即便问："是不是你干的好事，书柜里的书怎么搞得乱七八糟的？以后就不要乱翻了，要借书跟我说下就行，知道吗？"

　　妹妹感到委屈，说："我没有翻，什么时候乱的？"

　　"你还装作不知道？"阿坤说。

　　"我确实一点也不知道。"妹妹说，"我两个星期前拿过一本书，老早就放回原处了，确实没把书搞乱。"

　　阿坤又去问了一下母亲，她也说没有动过。

　　两个人都排除了，那还有谁呢？阿坤觉得最大的可能就是父亲了。

　　"他怎么这么粗心大意！"阿坤心里在说父亲。

　　事后，阿坤没有将事情告诉父亲，母亲和妹妹也像是忘了似的，没有谈及。阿坤了解父亲在厂里工作忙，白天在外，有时夜里很迟才归来。

就在星期天早上，阿坤打开书柜，无意中发现少了一本医学方面的书。这本书已很破旧了，是父亲年轻时买的。阿坤此刻像是明白了什么，父亲可能是找医学书而弄翻了书柜。

阿坤去父亲的房间看了一下，果然，那本书就放在床上。

傍晚，阿坤的父亲从外面回来了。阿坤看到他手里捏着一本病历本，神色不对劲。

阿坤连忙询问父亲得了什么病。

父亲说："早在我的意料之中，我看了医书中的有关内容，与医生诊断得一模一样！"这时他的脸色有点好转。

阿坤听了非常惊讶，问："爸，到底得了什么病？"

父亲说："我的眼睛过不了多久就要瞎了！"

阿坤惊讶不已，急问："好好的眼睛，怎么了？"

"有一块息肉在眼睛里。"父亲接着说，"要是遵照医生的治疗，不会有大碍的。"

阿坤终于舒了口气。

对于书柜翻乱的事，没有必要再说了。

◀ 母爱的陪伴

在那个弥漫着阴霾的日子里，对她来说，也是一种煎熬。

她的女儿，被诊断为抑郁症，没有去上学了，整天把自己窝在家里。

这个时候，需要她坚强地站起来，做一棵大树，要为女儿遮风挡雨。

她默默地守护在抑郁的女儿身旁，宛如一盏温暖的明灯，照亮了女儿心中那片黑暗的角落。

每一天，当清晨的第一缕阳光洒进房间时，她总是轻柔地唤醒女儿，用关切的目光注视着女儿略显苍白的脸庞，轻声询问："宝贝，今天感觉怎么样？"

尽管女儿常常只是沉默以对，但她从未有过丝毫的气馁。

白天，她会陪着女儿一起坐在窗前，静静地欣赏窗外的风景。她会给女儿描绘美好的明天的场景，就像眼前的风景那样美丽。

到了夜晚，当月光如水般倾泻在床上，她会轻轻抚摸着女儿的头发，讲述那些温馨而又充满力量的故事。有时是勇敢的公主战胜邪恶巨龙的传奇，有时是普通人凭借坚持和努力实现梦想的励志经历。每一个故事都仿佛一把钥匙，打开了女儿紧闭的心门一点点。

春天，她们一同感受微风拂过脸颊的温柔；夏天，她们倾听蝉鸣鸟叫交织成的自然乐章；秋天，她们望着金黄的树叶如蝴蝶般飘落；冬天，她们手捧一杯热气腾腾的茶，看着雪花纷纷扬扬地落下。这些美好的时光虽然安静无声，但却在女儿的心底渐渐种下希望的种子。

就这样，日复一日，她始终不离不弃地陪伴着女儿。

终于，在某个不经意的瞬间，女儿的脸上重新绽放出了久违的笑容，眼中也闪烁起了对生活的期待与憧憬。

那一刻，她觉得，所有的付出都无比值得。

她知道，自己成功地帮助女儿重拾了生活的信心，让那颗曾经破碎的心再次完整起来。

◆ 母　亲

八九岁那年，漆黑的夜，外面的强台风已将老屋的石灰墙吹破了一个洞，风从洞口钻进来，大有掀起屋顶之势。

母亲从隔壁间趿着鞋子匆匆而来，脚踩木地板的声音早已被台风的呼啸声吞没。母亲来到阿魁身边，抱住阿魁，轻轻地拍着阿魁的背。

在母亲的怀里，阿魁清晰地听到瓦片被风刮到地上破碎的声音。在母亲温暖的怀抱下，阿魁熬到了天亮。

母亲是家里干活最利索的女人。她那些年除了做家务活儿外，还做起了手套。缝纫是她的强项。

母亲通过钻研，很早就学会了自制手套。其实做手套并非想象中那么难。做手套需要具备这些基本条件：剪刀、布料、缝纫机和线，手套模样也不可少。有道是"依样画葫芦"，布料就是依照样子裁剪的。

没有裁剪桌，母亲就弄来两张一样高的凳子，然后在两张凳子上面放一张长方形的木板或夹板，这样就可以进行裁剪了。裁剪布料是做手套的第一步，裁得要精准，不然手套做起来很难看，甚至连手指都插不进去，那样就宣告失败了。母亲是从无数次的失败中走出来的，才有了后来的成功。

做手套的第二步就是缝纫了。母亲当时用的是老式缝纫机，俗称"洋车"，是用脚踏的，不像现在的缝纫机都用上了电机。所以，母亲每天脚踏下来，腿就酸酸的了。但母亲为了阿魁和阿魁妹，为了生活，为了撑起这个家，咬紧牙关，毫无怨言，没日没夜地干活，只为了赚点小钱养家糊口。

做手套的第三步自然是检查和包装了。那一双双漂亮的手套做出来后，母亲会露出欣慰的笑容，这可是她劳动的结晶，劳动的成果。

因为正值冬季，是手套销售的旺季，所以母亲做手套比平常更忙了，最忙时连饭都吃不好，就囫囵吞枣地勉强填个肚子。

那会儿做手套的成本也低，手套的布料是从上海进来的。而进布料的活儿，就得靠父亲了。

父亲在帮母亲做手套之前，做过很多的小生意，比如卖香烟之类的，均以失败告终。而父亲所亏掉的钱，只能让母亲辛苦地做手套，一点一点地赚回来。

那年的天气有点冷，父亲要去上海进布料了。临行前夜，母亲放下手上的活儿，为父亲细心地打点行囊。上海的天气不比这边的天气暖和，母亲给父亲多塞了一件毛衣。父亲见状，说："用不着这么多衣裳，两三日回来了，放心好了。"

母亲却固执地说："两三日也一样，在外头冻着不好。"

母亲哄着父亲，到最后，父亲还是服服帖帖地接受了母亲的盛情。

父亲外出上海进布料的几天里，阿魁热切盼望着父亲能早点回来，好像有爸爸的这个冬天，阿魁就不会害怕北风呼啸了。

终于盼到父亲归来。阿魁能察觉出父亲脸上挂着的沮丧。

"没货！"父亲气愤地说，"货被别人抢走了，白等了两三日！"

母亲给父亲端了一碗鸡汤，安慰说："货没了没关系，人平安回来就好。这两三日你在外头也吃力了，喝碗鸡汤补一补。"

阿魁当时并不明白，这也许就是母亲对父亲深切的爱吧。

◀ 亲情的温暖

她是个商场的售货员。

早在十三年前，不谙世事的她不顾一切地爱上了一个没有正当职业的社会小混混。

她未婚先孕。当她把这一振奋人心的好消息告诉小混混时，小混混坚决让她堕胎，并声称不会结婚，也不会要孩子的。

她彻底绝望了，她没有将怀孕的事情告诉别人，甚至连父母都一无所知，被蒙在鼓里。一番思想挣扎后，她去医院流了产，还是自己贴的医疗费用。流了产的她要在家休养，她的父母这才知道了事情的原委。

她的父亲怒不可遏，要找小混混算账，却被她死死地拦住。她告诉父亲，小混混什么事情都做得出来，自家还有个弟弟，可不能连累到他。弟弟是家里的血脉，要是有个什么三长两短，那可怎么对得起列祖列宗？她的父亲最终听从了女儿，放弃了报复。

随后的一年，她陷入了精神的抑郁，整日以泪洗面。弟弟看到姐姐如此痛苦的样子，实在不忍心，就去了婚姻介绍所，要给姐姐找个可以依靠的男人。婚姻介绍所的工作人员见他二十出头，以为是他找对象，想女人想疯了，连连摆手。他解释自己是给姐姐找对象的，并详细述说了姐姐的情况，希望婚姻介绍所能帮助寻觅到匹配的男人。

经过大家共同的努力，她找到了男人。男人是个老实巴交的送货员，比她大了五岁。她本来是拒绝相亲的，但弟弟来了个"攻心战"，最后她拗不过弟弟，答应去相亲了。相亲那天，男人见到漂亮的她，心花怒放。在婚姻介绍所的撮合下，她和男人开始了交往。

最初，她对男人是排斥的，一个送货员，哪来的社会地位？但慢慢地，她发现了男人身上的优点：老实、憨厚、真诚、能干。这样的男人能带来安全感。再加上男人根本不嫌弃她曾经流过产，这让她很是感动。

她慢慢走出了阴影，后来怀上了男人的孩子，整个人也脱胎换骨了，沉浸在了幸福之中。

◀ 青菜面

工作后，阿亮要两城跑，下班后从椒江回到路桥。

阿亮一进家门，马上就闻到了那股青菜汤面的味道。阿亮禁不住地咽了几口唾沫。

走路的脚步声似乎惊动了正在厨房给阿亮准备夜宵的母亲，她忙不迭地从厨房里面出来，笑脸相迎。

"妈，我回来了！"见到母亲，阿亮心里特别开心。

"上了晚班，肚子饿了吧，快到厨房吃面！"母亲边说边帮我整理行李，阿亮能感觉到她内心别提有多快乐。

许是吃惯了母亲烧的青菜汤面，阿亮一进厨房就端着碗大口大口地吃起来。青菜汤面里放了些许肉丝，素的和荤的都有了，营养算是均衡了。由于吃得太急太快，阿亮没有吃出青菜汤面的味道，只知道汤面里夹杂着母亲的那份喜悦之情，这已足够了。

正想将碗里的剩汤喝个精光时，母亲过来了。

"别急着喝汤，锅里还有面呢！"母亲说着，左手端着铁锅，右手拿着铲子，往我的大碗里倒面。

阿亮没有拒绝的意思。阿亮不知道肚子有没有填饱了，反正觉得再多吃一点也没什么问题。若是换了以前谈恋爱的那段时光，为了能省点钱出来谈恋爱，阿亮经常饿着肚皮，要是吃下一大碗的食物，非吃撑着不可。而在家里，阿亮没有这样的感觉。也许阿亮是被回到家的幸福击晕了吧。

"你都瘦了一大圈了！"母亲看着阿亮吃面，插话道。

阿亮不敢跟老妈交代自己谈恋爱的事情，不敢说出工资都被用来谈恋爱了。然而违背自己内心的意愿，是挺难受的。

"妈，工作那么紧张，身体有些吃不消，人就瘦下来了。瘦总比胖好吧？胖的人更容易得病。"阿亮勉为其难地说出我的理由来，权且是用来应付的。

"明天给你多烧几个菜，补补身子。"

"妈，我现在身体好着呢，平时家里吃什么就吃什么吧，总比外头吃的地沟油要好上百倍哦！"

"哟，你这孩子开始懂事了。"

阿亮心想：我向来懂事的。只是，在母亲眼里，自己恐怕永远是一个长不大的孩子。

◀ 调皮的儿子

他的儿子在那所学校里可谓是出了名的调皮捣蛋鬼。

上课时，别的同学都端端正正地坐着认真听讲，只有他的儿子像个小猴子似的坐不住，不是东张西望就是跟旁边的同学交头接耳；课间休息时，更是满操场疯跑打闹，时不时还会搞一些恶作剧惹得其他同学哇哇大哭。久而久之，不仅同学们对他避之不及，就连老师们提起他也是连连摇头叹气，表示十分头疼。

看到这样的情况，作为父亲的他心急如焚。他深知如果任由儿子这般发展下去，后果将不堪设想。于是，他下定决心要改变儿子。

从此以后，每天下班后无论多累，他都会抽出时间陪伴儿子一起学习、做作业。当儿子遇到难题想要放弃的时候，他总是耐心地鼓励引导，帮助儿子克服困难。周末的时候，他也不再只顾着自己休息娱乐，而是带着儿子去参加各种有益的活动，培养儿子的兴趣爱好和团队合作精神。

同时，他还积极与老师沟通交流，了解儿子在学校的表现，并虚心听取老师的建议。在家中，他严格要求儿子遵守纪律，养成良好的生活习惯和行为规范。

经过一段时间坚持不懈的努力，他终于看到了儿子的变化。儿子逐渐变得懂事起来，上课能够专心听讲，积极回答问题；课间也不再追逐打闹，而是主动与同学们友好相处。

最终，他的付出得到了回报。儿子在期末考试中取得了优异的成绩，老师们纷纷对他竖起大拇指，称赞他教子有方。而同学们也开始喜欢和他的儿子一起玩耍，时常夸奖他的进步。

看着儿子一天天变好，这位父亲欣慰地笑了，他知道这一切的辛苦都是值得的。

◀ 痛　惜

　　小李是被武术学校退的学。原因是小李在学校飞扬跋扈，对他的一位同学小王一顿毒打，将小王打进了医院。事情的起因，仅仅是小王拿了小李的热水瓶泡了一壶开水。

　　小李长期受父亲殴打母亲家暴的影响，常常目中无人，嚣张至极。有一次，在路上对着老年人拳打脚踢，理由仅仅是看着老年人极不顺眼。这使小李更加狂妄自大，根本不把老师看在眼里，甚至不把母亲看在眼里。小李常学着父亲张狂的样子，对自己的母亲颐指气使，骂骂咧咧，甚至出手打母亲。在一次学校举办的武术大赛中，小李一举击败各路高手，摘得学校武术大赛的桂冠。在那之后，小李就更不把别人放在眼里，常常欺负那些武术不长进的学生，让学生们闻风而逃。

　　退学后，小李仍然不改以往的德行，我行我素，对母亲的打骂与日俱增，变本加厉，甚至扬言要杀死他的母亲。小李的母亲常常以泪洗面。

就在这个时候，小李却消失不见了。

一连两日，小李的父母都找不到小李，连个小李的影子都见不到，这到底是怎么回事呢?

6岁女童小花的弟弟小明跑到奶奶面前哭诉，说姐姐不见了。奶奶急忙丢下活儿找孙女，找遍各处没人。奶奶慌了，给儿子儿媳打了电话。儿子儿媳回家后，喊了众人帮忙找孩子，直到天黑也没找着，于是打110报了警。

派出所组织多名警力，扩大搜索范围，当晚在附近一处杨梅山上找到小花。小花被浸在一口果农储水用的水缸里，衣服被脱去，早已没了呼吸。小花的母亲见状晕了过去。

民警经过分析调查，初步认定女童小花系他杀，并迅速启动了命案侦破程序。民警通过调查，小花的父母除了在厂里上班，很少和周围村民打交道，和人没什么矛盾。在调查走访中，民警发现，小花家隔壁18岁的男孩小李消失不见。

小李成了嫌疑人。据民警分析推测，小李应该还躲藏在山上。但杨梅山如此之大，一时间是很难找到小李的藏身之处。于是，警方对整个杨梅山实施了封锁。

小李确实躲在山上，因两天未进食了，肚子饿得慌，不得已出来找食，却被一个村民发现。

村民赶紧联系了民警，民警很快将小李包围。

小李学过武术，负隅顽抗，没想到民警大伟的功夫比他还要了得，小李很快就被束手就擒了。这下，小李觉得山外有山，不得不低下骄傲的头颅。

在民警的追问下，小李道出了实情。

那天下午，小李发现他家桌子上放着的1元硬币不见了。恰巧，小李看到门口走过小花，小李的第一反应就是小花拿了他家的钱。小李当场拦住小花，在小花身上搜索。害怕小花叫喊引来路人，小李不甘心找不到1元钱，抱着小花跑到附近的杨梅山脚，继续对小花进行搜身。山上几乎没有路人经过，小李胆子大了起来，脱了小花的裤子继续找钱，这一举动，却让小李起了邪念，对小花进行了猥亵。小花极力反抗，小李害怕起来，脱下小花的袜子，将她嘴巴塞住，然后抱着小花往山上跑。小李担心这事被别人知道，为守住这个秘密，小李最终做了最愚蠢的决定，将小花强奸后杀害。

案发后，民警在小李家的桌子边角，找到了那枚要了小花命的1元硬币。

◀ 王老头

　　板车是王老头的运输工具，王老头每天拉着它在外面吆喝收废品，这是他的生活写照。

　　王老头性格软弱，忠厚务实，逆来顺受，成天拉着板车，完全没有长辈的架子。由于老屋太窄，放不下那么多的"破烂"，王老头就索性将一些不怎么值钱的废品放在屋外。当时社会风气好，小偷也很少，更何况小偷对那些"破烂"不屑一顾。

　　王老头的背有点驼了，脸上的皱纹一道又一道的，简直像头老黄牛。王老头的家人都劝王老头年逾花甲了，少在外面拉板车，在家里闲着得了。王老头却一句也听不进去，苦着脸说："闲不住！不干活，钞票哪里来？饭都没得吃！"

　　王老头是个埋头苦干的人。他平时收废品，也要时时去管理田间。收废品和干农活，王老头把握得非常到位。田间有需要的时候，就会先放下收废品。对一个地道的农民来说，种田才是第一位的，而收废品只是为了维持生计，说得好听一点，就是为了让生活过得好一点。锄草，是王老头长年累月的活儿。面对成片的杂草，王老头用上除草剂，整桶背着，直接喷洒，效果相当不错。

王老头的孙子放学后，经常能看到爷爷在田间地头忙活，有时在施肥，有时在浇水。孙子帮不上什么忙，上去捣乱一番，整双球鞋的鞋底都沾满泥巴。这下倒好，要被母亲骂了。

王老头见状，让孙子回到家中，脱下鞋子，交给奶奶处理，因为奶奶最疼孙子，不会骂孙子。

奶奶将孙子脱下的沾满泥巴的鞋子擦得干干净净，孙子太调皮了，连声"谢谢奶奶"都没有，好像这是理所当然似的。

王老头通常会在吃饭的时间点回来，有时回来得早了一点，就在屋子里整理瓶瓶罐罐。那些废品都堆积在一楼的平地上，平地是那种纯天然的泥地，最多在门口铺上几块石板，算是比较奢侈的"装饰"了。原本屋子里的空间面积就少，被王老头这么一堆，就更显得狭窄了。

王老头在整理的过程中，被孙子发现有几本连环画，这些连环画一下子就吸引了孙子好奇的目光。孙子爱不释手地翻着连环画，如饥似渴地看了起来。漫画结合文字的形式，一页连着一页，看得很是过瘾。孙子想要这些连环画，王老头就爽快地给了孙子。

王老头说，要是孙子喜欢看，他下次收废品的时候特别留意连环画，收集起来，都给孙子看。孙子听了，高兴得不得了。

孙子开始做作业，脑子里飞快地转着老师布置的作文内容，忽而闪现 20 年后的闰土和水生。毋庸置疑，他们都老了。因为岁月是把杀猪刀，没有人能逃过岁月的劫难。试想，闰土和水生额头都起皱纹了吧，表情更复杂了吧，想想鲁迅年代的医疗条件，能长寿者毕竟寥寥。孙子写下了很多关于闰土和水生的联想，写得很顺畅。

王老头见孙子做作业这么用功，也是满心欢喜。

吃饭间隙，王老头说，明年咱家就建新房子。孙子听了很高兴，这老房子住了十来年，明年总算有新房子住了。

新房子建成后，是四层高的立地房，地上四层，地下还有储藏室。

王老头继续拉着板车收废品。房子的前间基本上都堆着王老头收来的废品。前间放不下时，还可以放到地下储藏室。特别是到了秋天，橘子成熟了，采摘回来的橘子，也可以放在储藏室。

王老头通常会在凌晨三四点钟起床，要将收来的废品运到市场上变卖。老伴一起帮忙拾掇，放在板车上。王老头在前面拉，老伴在后面推。

有一次，王老头上当受骗，卖了废品后，收的全是假币。还有一次，王老头收的废品，上面是铁料，下面全是石头。王老头灰心丧气，懊恼不已，饭都吃不下。老伴安慰王老头，说日子还长着呢，钱还能再赚回来。

每天拉板车，王老头的背越来越驼了，身体也站不直了。

十几年过去，王老头再也拉不动板车了，被家人送到养老院养老了。

王老头的孙子也成家立业了，经常会去养老院看望爷爷。

王老头看到孙子和曾孙女，脸上露出慈祥的笑容。

◀ 温暖的家

王浩然，宽阔的额头，半银半黑的头发朝着后脑勺粘着，鼻梁上架着眼镜。

李荃，身材娇小的中年女子。她看来有些形容憔悴，头发失去了往日的光泽，也许是岁月将她原本娇嫩的脸庞逐渐地催老。

两人走过了二十五载的风风雨雨，儿子王雄剑和女儿王芷菡都已长大成人。

浩然双手搭在妻子的肩膀上，说："我老了，你也老了！"

李荃忙不迭地凑上话儿："不，是我老了，你没有老，因为你有一颗年轻的心！"

浩然脉脉地注视着心爱的女人。这种真挚的爱，随着岁月的流逝，越来越浓厚。

通常情况下，李荃对浩然是百依百顺的。不过，也有破例的时候，那就是在浩然责骂儿子雄剑时，她会勇敢无畏地站出来帮儿子说话，百般地疼爱自己的心肝宝贝，不让他受半点委屈。她对儿子的爱，远远胜过了爱惜自己的身体。这种溺爱，使雄剑变得不像他的父亲，不禁多了几分娇生惯养。

浩然揽过妻子羸弱的胳膊，轻轻地往自己的怀里送。李荃心下会意，把头埋入丈夫宽阔的胸膛。

两人回到客厅，芷菡坐在沙发上，一副无忧无虑、悠闲自得的样子。芷菡俊俏的脸蛋，有几分像母亲李荃年轻时娇美的模样。浩然良好的品德对于芷菡的影响是很深的。芷菡不仅容貌楚楚动，还有一肚子的墨水；不仅语出惊人、口若悬河，还有一颗美丽的心灵，同情别人、帮助别人。

芷菡见父母手牵着手走过来，不禁笑出声来。这笑声是青翠欲滴的，是纯洁无邪。

浩然显得挺尴尬的，他被女儿这么一笑，就觉得自己的那份稳重已经在此刻烟消云散了。他无奈地朝妻子苦笑。李荃早猜到了他的心思，脸颊有些涨红。

浩然对李荃说："明天我就要走了，家里的事都由你来操心了。我周末早点回来。"

李荃点点头。

"雄剑整天游手好闲，这样不好，你多管着他一点；芷菡刚大学毕业在家，工作还没有落实，挺让人担心的。"浩然说。

"你放心好了。"李荃温柔地回答。

李荃真舍不得丈夫明天就走。她觉得丈夫能有一天的时间待在家里不走，她就心情舒畅，幸福的感觉使她忘却了做女人操劳的疲累。

"我真不愿让你离去。"李荃不舍地说。

浩然笑笑说："只一个星期而已！"

"一个星期也够我受的了！"

浩然安慰她说："我们这辈子还长着呢！我会用余生补偿暂时的别离。"

李荃感动得无话可说。

浩然何尝不想多些时间在家里教育自己的儿子，何尝不想跟妻子朝夕相守，享受天伦之乐，但工作和亲情不能鱼与熊掌兼得。他还是选择自己的事业，暂时地告别自己的妻子和儿女。

"爸，明天带我去郊游好吗？我在家里闷得慌。"芷菡说。

浩然没有料到女儿会这样恳求他。女儿从小到大，他陪过女儿几次？实在是少得可怜。

浩然轻轻地用手指戳了一下女儿的额头，笑着说："怎么，也调皮起来了？"

"爸，你好长时间没陪过我了！"

浩然觉得女儿说得在理，可他明天是非去不可了，哪有闲工夫陪家人呀！

"芷菡呀，我明天就要回去工作了，那就下次吧！"

芷菡睁大了那双翦水秋瞳，凝视着父亲的脸庞。

"爸，你知道女儿最想得到什么吗？"

浩然被女儿的这一问怔住了，他很矛盾，父爱是如此的深切，自己却忍心漠然无视吗？这像一位做父亲的吗？于公于私，他心里清楚。他有那么一点茫然和困惑。

"爸，能多陪我一天吗？"

"芷菡，爸这段时间很忙，以后陪你好吗？"

正在此时，雄剑来了。

雄剑笑说："你们在商量什么国家大事呀？"

芷菡应了句："这里没你的事！"

"我有事找老爸呀！"

"去你的！"

"姐，你生气的时候，才是最可爱的。"

浩然听着儿子和女儿拌嘴，倒觉得挺温馨的。

"好了，好了，雄剑，你有什么事就说吧！"

"其实也没什么事，听妈说老爸明天就要走了，所以过来看看。"

浩然脸上流露出一副满意的表情。

李荃做好了一桌子的菜。

一家人其乐融融，笑声荡漾在整个房间。

◀ 新　家

"我们家终于领到安置套房的钥匙了！"阿刚激动地将这个振奋人心的消息告诉了住在养老院的爷爷奶奶。

阿刚盼星星盼月亮，盼了好几年，这回总算盼出头了。

阿刚所说的套房，地理位置极为优越，是附近几个村拆迁的安置套房。

"别人的安置套房分到手都快两年了，我们村的套房才刚刚开始分，不过终于等到了！"阿刚在微信朋友圈发出了这样的喜讯。对于老百姓来说，分房事关他们的切身利益，分到手后，他们能不开心吗？

套房分配是以抓阄的方式进行的，也就是说，在一个纸箱里装满了各个楼层的编号，人们按序上去抓阄，这就看运气了，运气差的摸到低的楼层，运气好的摸到高的楼层，也只有这样才公平公正。阿刚摸到的楼层都在十层以上，这算运气较好的了。补了剩余的房款，也就顺利地拿到了房门钥匙。

阿刚之所以急着想住进新套房，是因为老房子早就被征地拆掉了，阿刚一家被安置在只有两层高的排屋里。这种过渡的临时房，比起以前的老房子，差得远。一家人挤在狭窄的临时房内，天天盼着新套房的落实。按照协议上说的，他们老早就可以分到套房了。但由于安置套房涉及多方利益，安置时间一拖再拖，分配方案一改再改。

　　"这套房就像剩女，现在终于出嫁了！"阿刚笑着对父母说。

　　父母也是喜上眉梢。

　　"我们分到几套呢？"阿刚的父亲说。

　　"三套。我、老婆、孩子，有两套，加上爸妈你们的一套，总共是三套房子。"

　　"太好了！赶紧装修住新屋！"阿刚的母亲说。

　　"知道了。那我先把第一套装修好，早点搬进去住。"

　　几天后，阿刚就在微信朋友圈发出了装修截图。

　　接下来的两个月，阿刚在微信朋友圈里狂晒装修进程。

　　两个多月后，阿刚已将第一套房子装修好了。

　　"才用了两个多月时间，怎么这么快？"阿刚的母亲不敢相信。

　　"老婆在屁股后面赶着进度呢，能不快吗？"阿刚笑得很灿烂。

　　又过了一个多月，阿刚全家都搬进了新套房。

　　总算摆脱了住排屋之苦，全家人都喜笑颜开。

◀ 拯救厌学女儿

他那视若珍宝的女儿，平日里总是乖巧伶俐，然而不知从何时起，却突然像变了个人似的，在学校里产生了厌学情绪。这突如其来的变化，犹如一道晴天霹雳，瞬间将他打入了焦虑的深渊。

每一次看到女儿那张原本阳光灿烂如今却日渐消沉的小脸，以及她面对书本时那毫无热情、茫然无神的目光，他的心就像是被千万只蚂蚁啃噬般难受。曾经那个积极向上、对知识充满渴望的小女孩仿佛消失得无影无踪，取而代之的是一个对学习失去信心和动力的孩子。

这位一向慈爱有加的父亲，此刻心急如焚，他深知不能任由这种情况继续恶化下去。于是，他开始没日没夜地绞尽脑汁思索着对策，试图找到一把能够打开女儿心门、重新点燃她对学习兴趣之火的神奇钥匙。

在经历了无数个辗转反侧的夜晚，以及四处奔波向各路教育专家和资深老师们虚心请教之后，皇天不负有心人，一个精妙绝伦的主意在他脑海中闪耀而出。

从此刻起，他便全身心地投入到了这场"拯救"女儿学习兴趣的行动之中。每一天下班后，无论身体多么疲惫不堪，他都强打起精神，面带微笑地坐在女儿身旁，耐心地陪伴着她一起完成堆积如山的作业。而且，为了不让学习变得枯燥乏味，他更是费尽心思地运用各种别出心裁、妙趣横生的方式来给女儿讲解那些看似晦涩难懂的知识。有时候，他会将知识点编成一个个生动有趣的小故事，绘声绘色地讲给女儿听；有时候，他又会巧妙地利用生活中的实例，深入浅出地帮助女儿理解复杂的概念。

而到了周末，他也没有丝毫懈怠。他早早地规划好了行程，带着女儿穿梭于城市中的各大博物馆和科技馆之间。这些地方充满了无尽的趣味和智慧，女儿在这里可以亲眼看见历史的沧桑变迁，可以亲手触摸科技的前沿成果。通过这样的亲身体验，女儿逐渐感受到了知识所蕴含的无穷魅力，那颗沉睡已久的求知之心似乎也开始慢慢苏醒过来。

不仅如此，为了给女儿营造一个良好的学习环境，他还特意腾出家中的一间屋子，亲自设计并动手改造，为女儿精心打造了一间温馨可爱的书房。走进这间书房，首先映入眼帘的便是那一整面墙的书架，上面整齐地摆放着各种各样能够激发孩子好奇心的书籍，从奇幻冒险故事到科学探索百科全书，应有尽有。此外，房间里还布置了许多色彩鲜艳、造型别致的玩具，它们不仅仅是孩子们娱乐玩耍的工具，更能在潜移默化中启发思维、培养创造力。

在这位父亲坚持不懈的努力下，女儿脸上的笑容渐渐多了起来，眼中的光芒也日益明亮。她不再抗拒学习，反而主动地拿起书本，沉浸其中，享受着获取知识带来的快乐。而这一切的改变，都源自那位深爱着她的父亲无私的付出和悉心的引导。

　　功夫不负有心人，在他坚持不懈的努力之下，女儿逐渐对学习产生了浓厚的兴趣。她不再逃避作业，而是主动积极地去探索新知识；课堂上也能全神贯注地听讲，成绩更是节节攀升。而与此同时，通过这段时间的亲密相处，父女俩之间的感情也变得越来越深厚。

　　每当看到女儿脸上洋溢出自信快乐的笑容时，他心中都充满了无比的欣慰和满足。

油菜花开

◀ 早 恋

那天，她像往常一样走进女儿的房间，准备帮女儿收拾一下杂乱的书桌。然而，就在不经意间，她发现了一封夹在课本中的信。那封信的字迹略显稚嫩，但字里行间透露出的情感却让她的心猛地一紧——她的宝贝女儿竟然和同班同学恋爱了！

这个突如其来的发现犹如一道晴天霹雳，瞬间击中了她的内心。她坐在床边，心情久久无法平静。

作为母亲，她深知早恋可能会给女儿带来诸多不利的影响，不仅会分散学习精力，还可能导致心理上的困扰。但是，她也明白青春期孩子的感情往往是纯真而美好的，如果处理不当，反而会引起女儿的反感和叛逆。

经过深思熟虑，她终于想出了一个绝妙的好办法。

第二天放学的时候，她特意提前下班回家，精心准备了一顿丰盛的晚餐。

当女儿带着满脸笑容回到家时，她热情地迎上去，拉着女儿的手一起坐到餐桌前。用餐期间，她并没有直接提及女儿恋爱的事情，而是与女儿分享起自己年轻时的经历。她讲述了自己曾经如何努力学习，追求梦想，以及在面对感情问题时所做出的选择。女儿听得入神，眼中闪烁着好奇的光芒。

接着，她轻轻地握住女儿的手，语重心长地说道："宝贝，妈妈知道你们现在正处于青春懵懂的年纪，对爱情充满了憧憬和幻想。这是很正常的，因为每个人都有这样一段美好而难忘的时光。但是，妈妈希望你能明白，现阶段最重要的还是学业。只有通过努力学习，不断提升自己，将来才能拥有更多选择的权利，去实现自己真正想要的生活。至于恋爱，等你们长大后，心智更加成熟，那时再去考虑也不迟呀。"

女儿静静地听着，若有所思地点点头。她看着母亲温柔而坚定的眼神，心中似乎明白了什么。

从那一天开始，女儿逐渐将更多的时间和精力投入到学习中，与那位同班同学保持着适当的距离。

他们彼此约定，要以学业为重，努力追逐各自的梦想。等到未来时机成熟之时，再重新审视这份感情。

油菜花开

◀ 战胜自卑

她宛如一座默默矗立的灯塔,静静地守护并陪伴着那个被自卑感深深包裹住的儿子。

她的关爱,仿佛春日里和煦的微风,轻柔地拂过儿子心间,一点一滴地将笼罩在儿子心头的阴霾吹散。

每一个清晨,她总会轻手轻脚地走到儿子的房门前,缓缓地推开那扇门,生怕惊醒仍沉浸于甜美梦乡中的孩子。

随后,她面带微笑,轻声细语地向睡眼惺忪的儿子送上温馨的问候。紧接着,她便转身步入厨房,开始精心烹制一份份营养均衡且丰盛美味的早餐。煎得金黄酥脆的荷包蛋、香气扑鼻的馒头……这些食物饱含着她对儿子满满的爱意。

她将热气腾腾的早餐整齐地摆放在餐桌之上,与儿子一起享用。

儿子上学后,她埋首于各类有关儿童心理学以及教育学的书籍之中,逐字逐句地研读,圈圈画画,做满笔记,只为能从中寻觅到帮助儿子战胜自卑情结的有效途径。

每当那熟悉的放学铃声响起，宣告着一天学习生活的结束，她总会立刻停下手中正在忙碌的事务，步履匆匆地迎向归家的儿子。

她专注地聆听着儿子滔滔不绝地讲述学校里那些或有趣或琐碎的经历，无论是课堂上老师精彩的讲解，还是课间与同学们之间愉快的互动；哪怕仅仅是一件毫不起眼的小事，比如今天同桌借给他一支铅笔，又或者是自己答对一道难题，她都会全神贯注地倾听，并及时给予儿子最真挚的赞扬和鼓励。

到了周末，她会牵着儿子的手，一同前往附近的公园漫步游玩。公园里绿草如茵，繁花似锦，鸟儿欢歌，蝴蝶翩翩起舞。

儿子如同一只脱缰的小马驹，在宽阔的草地上尽情地奔跑嬉戏，脸上洋溢着无忧无虑的笑容。望着儿子那活泼灵动的身影，感受着他发自内心的快乐，她的心中涌动起一股难以言喻的欣慰之情。此刻，所有的疲惫与烦恼都烟消云散，只留下那份纯粹的幸福与满足。

渐渐地，在她的陪伴和引导下，儿子开始变得开朗起来。他不再总是低着头不敢与人交流，而是学会了主动向他人打招呼；他不再害怕面对困难和挑战，而是勇敢地尝试去解决问题。

看到儿子的这些变化，她眼中闪烁着幸福的泪花，因为她知道自己所有的努力都没有白费。